卓越小学生成长 **加油站**

专门激发小学生

学习兴趣

的美文精选

主编 高长梅 本册主编 李 萍

九州出版社
JIUZHOUPRESS ｜ 全国百佳图书出版单位

图书在版编目（CIP）数据

专门激发小学生学习兴趣的美文精选/高长梅主编. –北京：

九州出版社, 2010.4 (2021.7 重印)

（"读·品·悟"卓越小学生成长加油站）

ISBN 978-7-5108-0398-7

Ⅰ.①专…　Ⅱ.①高…　Ⅲ.①儿童文学–散文–作品集–

世界　Ⅳ.①I18

中国版本图书馆 CIP 数据核字 (2010) 第 050390 号

专门激发小学生学习兴趣的美文精选

作　　者	高长梅　主编　李　萍　本册主编
出版发行	九州出版社
地　　址	北京市西城区阜外大街甲 35 号（100037）
发行电话	(010)68992190/2/3/5/6
网　　址	www.jiuzhoupress.com
电子信箱	jiuzhou@jiuzhoupress.com
印　　刷	北京一鑫印务有限责任公司
开　　本	720 毫米 × 1000 毫米　16 开
印　　张	13
字　　数	206 千字
版　　次	2010 年 4 月第 1 版
印　　次	2021 年 7 月第 3 次印刷
书　　号	ISBN 978-7-5108-0398-7
定　　价	36.00 元

第①辑　兴趣引导我们走向成功

　　一百多年前出了一位震惊世界的神童,他就是卡尔·威特。威特七八岁时,已经能够自由地运用德语、法语、拉丁语等6国语言;9岁考入了莱比锡大学;未满14岁就被授予哲学博士学位。也许有人以为小威特的生活除了坐在书桌前面,其他什么也不干。但威特父亲却说:"威特坐在书桌前的时间比任何一个少年都少,他把大量的时间尽情地花费在他感兴趣的玩耍和运动上。"只有感兴趣,学习才会有乐趣,才会持久,因为天才最好的老师是兴趣。

Contents

第②辑　珍惜学习的机会

　　巴尔扎克的成就是少年时的皮鞭和责难造就的；安徒生的童年没有童话，只有痛苦和孤独；莎士比亚的戏剧天分是在当剧场杂务工时形成的。这些大师本来都应该与书本无缘，但他们都努力创造学习的机会，也非常珍惜这些机会，因为他们失去过。如果你有很好的学习机会，请珍惜它，因为很多伟人为了拥有这些机会付出了很多；如果你可能失去学习的机会，请不要放弃，因为很多人为了创造学习的机会也付出了很多。

第❸辑 生命不息,学习不止

　　小学毕业,不是意味着你掌握了小学的知识,而是意味着你还有中学的知识没有掌握;中学毕业,不只意味你完成了中学的学习,还意味着你准备学习大学的知识;大学也不是学习的终结,你还有工作的知识需要掌握。

　　鲁迅临终前还在看书,冰心九十多岁还在学习。学海无涯,学习应该是一辈子的事。

第❹辑　决不浪费每一分钟

　　为后世留下诸多锦绣文章的宋代文学家欧阳修认定:"余平生所做文章,多在三上:马上、枕上、厕上。"也就是说,欧阳修是在利用睡觉、上厕所和骑马走路的时间来读书写作的。三国时著名学者董遇读书的方法是"三余":"冬者岁之余;夜者日之余;阴雨者晴之余。"即要充分利用寒冬、深夜和雨天,别人歇手之时发奋苦学。越是成就大的人,越是珍惜零碎的时间,因为用"分"来计算时间的人,比用"时"来计算时间的人,时间多 59 倍。

第❺辑　学习是不断积累的过程

　　电视剧《大长今》里的长今刚开始学习料理时,她的师傅韩尚宫并没有按照常规方式一开始就教她料理的技巧,而是让她努力去掌握所有饮食素材的基本知识,当长今失去味觉后,韩尚宫让长

今根据对饮食素材的基本理解,来搭配食材,用想象来做出美味的食物。由于从小就有了深厚的积累,长今神奇地做到了这一点。学习其实和做菜一样,早期基础的积累可能枯燥艰难,但基础的深度和厚度往往能决定你知识堡垒的高度。

第❻辑　问号成就的辉煌

爱因斯坦有句名言:"提出一个问题往往比解决一个问题更重要。"美国心理学家吉尔福特也说过:"科学家成功与否很大程度上取决于他提出问题的能力。"学习不应只是一种知识的被动接受,而应该是一种能力的主动培养。没有质疑精神,就很难形成终生受用的独立思考和独立判断的能力。

Contents

第❼辑　方法，令学习事半功倍

　　学习的过程好比劈柴，学习规律就好比柴木的纹理。我们顺着纹理使劲，既能快速把柴劈好，又能省去很多力气。学习不应一味低头苦读，而应该开动脑筋探寻里面的规律，找到适合自己的、更高效的学习方法。掌握了学习的普遍规律和有效率的方法就像拥有锋利的斧子，会令我们的学习事半功倍。

第❽辑　专心致志做好一件事

　　古时候,赵王拜了一个驾车高手为师,学习了几个月后要和高手比赛驾车,结果连输三盘。赵王很不高兴,认为高手留了一手。高手说:"我把技术全都交给了您。只不过在比赛时,我一心一意注视马车,而您的注意力却在我这儿,比我快了怕我追上,比我慢了想追上我,心神不集中,怎能不输。"非凡的专注力造就非凡的专家。如果我们学习能像激光一样,把所有能量集中在一个极微小的点,我们就能拥有切割钻石的力量。

第❾辑　学习需要敏锐的观察力

　　有时机遇给我们的线索十分明显,但有时只是微不足道的小事,只有那些充满好奇心和敏锐观察力的人,才能看出小事的意义所在。达尔文曾经说:"我没有超常的理解力,甚至不及常人的智力,我只是善于从自然界转瞬即逝的现象中认真地观察,认真地思考而已。"

Contents

第⑩辑 想象力让你飞得更高

　　记者问爱因斯坦:"您觉得在您提出相对论的时候,知识与想象力哪个更为重要?"爱因斯坦回答:"想象力比知识更重要。"打个比方来说,想象力是要解决盖什么样的楼的问题,知识是要解决怎么盖楼的问题。

　　想象力是知识的萌芽阶段,是创造力最本质的内涵,没有想象力就意味着创造力的贫乏。被誉为"创造学之父"的奥斯本说,想象力是人类能力的试金石,人们正是依靠想象力征服世界的!

第❶辑
兴趣引导我们走向成功

一百多年前出了一位震惊世界的神童，他就是卡尔·威特。威特七八岁时，已经能够自由地运用德语、法语、拉丁语等6国语言；9岁考入了莱比锡大学；未满14岁就被授予哲学博士学位。也许有人以为小威特的生活除了坐在书桌前面，其他什么也不干。但威特父亲却说："威特坐在书桌前的时间比任何一个少年都少，他把大量的时间尽情地花费在他感兴趣的玩耍和运动上。"只有感兴趣，学习才会有乐趣，才会持久。因为天才最好的老师是兴趣。

沉醉于书的小女孩

> 这是一本新借来的小说,书中一个小女孩的悲惨命运,深深地吸引了她。她完全沉浸在悲哀之中,根本忘记了烤箱中的面包。

艾米丽·勃朗特(1818～1848)是英国著名女作家。艾米丽·勃朗特出生在英国的一个穷牧师家庭。她很小的时候,母亲就去世了。年幼的艾米丽和姐姐夏洛蒂,一同挑起了生活的重担。每天,姐姐都要到有钱的人家去当家庭教师,她就在家里做家务。艾米丽非常喜欢文学。爸爸的书,她早就反反复复地看过几遍了,她多想能有些新书哇!可是家里穷,没有钱让她去买书。她只好到处向人家借。为了看到更多的书,她抓紧一切时间:做菜时,一手炒菜,一手端书;到市场上去买东西,也忘不了带上心爱的书,有好几次她险些撞上马车。

有一次,艾米丽洗完衣服,开始做午餐。她把面包送进烤箱烘烤,自己就在一边看书。这是一本新借来的小说,书中一个小女孩的悲惨命运,深深地吸引了她。她完全沉浸在悲哀之中,根本忘记了烤箱中的面包。这时,姐姐回来了,一进门,感觉有股什么怪味道,就喊了声:"艾米丽,什么东西烤糊了? "艾米丽此时正伤心地擦着眼泪,没有听到姐姐的叫声。夏洛蒂到处闻闻,发现烤箱正开着,那味道正是从那儿传来的。她赶紧跑过去关了电闸,然后端起烤得黑糊糊的

面包,递到艾米丽眼前。艾米丽吃了一惊,抬起头,红红的眼睛望着姐姐:"这是什么?是那可怜的小女孩的午餐吗?她一直都吃这种黑面包……"夏洛蒂知道,妹妹看书又看呆了,便笑着说:"不,这是我们几个可怜的小女孩的午餐!"艾米丽这才想起,面包早就该取出来了。

艾米丽就是这样利用每一分每一秒,一个心思看书,琢磨,就这样看了许多好书。后来,她开始写作。经过不懈的努力,她终于写出了一部闻名世界的经典作品《呼啸山庄》。

智慧悟语

做任何事都要专心,学习更是如此,只有每天专心致志地学习,才会学有所成。

科学界的"小公主"

学习不单要培养兴趣,而且还要"少而精,切忌一知半解"。

伊伦是居里夫人的女儿,人称科学界的"小公主"。她小时候好动,有点儿"野",像个男孩子,有一次还把父母的诺贝尔奖章当做"大金币"玩。当小伊伦长到该上学的年龄时,居里夫人对自己这个

不那么文静，不能安安稳稳坐下来读书的小伊伦，还真费了不少心神。

居里夫人在伊伦的学习问题上，有着很独特的见解。她始终认为不能用过时的信条和方式学习，主张着重培养伊伦的独立认识和分析问题的能力，以便让她尽可能直观地学习和熟悉各个领域的最新知识。居里夫人常说，伊伦的这个年龄正是长身体、长知识的时期，如果整天封闭在空气污浊的教室里，消耗过多的精力是野蛮的，应该增加户外自由活动的时间。伊伦一直非常感激妈妈对她讲的一句话："学习要少而精，切忌一知半解。"这使她受益终身。

小伊伦最初的学习生活是在一所特殊的"小学"开始的。在这所特殊的"小学"里，没有呆板僵化的填鸭式学习方法，而是一种全新的跳跃式的趣味性学习法。

小伊伦很快就被这种快乐而有趣的学习方法吸引住了，"野劲儿"收敛了许多。她开始把她似乎总也使不完的精力放在那些试管、烧杯、天平上，脑子里转起了一个又一个的问号……

伊伦每天除了学习功课外，还要干些体力劳动。劳逸结合使她学会了缝补衣服，在庭园里劳动、做饭、荡秋千，还学会了音乐。这种极具趣味性的快乐的学习一直持续了两年，由此奠定了伊伦进军科学的基础。她后来在科学上的成功，很大部分应该归功于这段早期的学习经历。

智慧悟语

兴趣的培养是一个循序渐进的过程，只要我们处理好劳逸结合

的关系,户外的阳光还是属于我们的,这样我们才能收到事半功倍的效果,像小伊伦那样取得优异的成绩。

神童维纳的童年

当一个人拥有旺盛的好奇心,他会不停地追问为什么,从而锲而不舍地追寻答案,科学就是这样诞生的。

诺伯特·维纳是 20 世纪最伟大的数学家,控制论的创始人,1894 年 11 月 26 日生于美国密苏里州的哥伦比亚。父亲利奥·维纳是语言学家,又有很高的数学天赋。从童年到青年,小维纳一直在他的熏陶下生活,并逐步成长为一个学者。

与大自然的交流

小维纳喜欢到自然界中去,大自然是博大而深沉的,她能唤起人们对她的爱。维纳对自然的挚爱,也赢得了大自然对他丰厚的回报。

1897 年夏天,小维纳一家搬到新罕布尔什州贾弗雷的一家旅馆度暑假。旅馆附近有个小池塘,在这水草丰茂的环境中,一些划艇静静地停在岸边,偶尔有几只在塘中轻轻摇曳,如镜的塘水倒映着远

处的青山。小维纳蹦蹦跳跳地在池塘边玩着,从中感受到大自然所带来的美与震撼。

1901 年,6 岁半的维纳随父母远航。这次航行改变了他的心灵和个性。雪白晶莹的浪花,从那遥远的地方一浪一浪地滚来并绽开;那顽强的小鸟,在勇敢地与它们搏斗着、抢夺着什么。放眼远望明媚阳光之下的碧海蓝天,他那小小的心灵世界无限亮丽。他从来没有过这种又有牵挂又极度自由的感觉。他只想做一个动作——飞。原来大自然竟有这么大的魔力!

小维纳全家经常搬家,有时一年一搬,有时竟一年两迁。小维纳对新事物怀有不尽的好奇心。每到一个新地方,他都积极主张四处转转,对没有见过的事情,真情地认知和感受着。在亲近大自然的同时,他也身处下层人中间,认识和体味着他们的生活。他们的真诚、淳朴和健康,对他的影响很大。

小维纳就这样在自然的山水之间,接受着一般城市儿童难以经历的熏陶和教育。大自然赋予了他健康的身体、正确的感受、充分的愉悦、丰富的人类知识和智慧,他怎能不在此基础上更进一步,走向最终的成功呢?

热衷读书的孩子

维纳 3 岁半开始读书,生物学和天文学的初级科学读物就成了他在科学方面的启蒙书籍。他兴致勃勃地埋首于五花八门的科学读本,7 岁时开始深入物理学和生物学的领域。从达尔文的"进化论"、金斯利的《自然史》到夏尔科、雅内的精神病学著作,等等,几乎无所不读。

维纳怀有强烈的好奇心。6岁那年,有一次他被 A 乘 B 等于 B 乘 A 之类的运算法则迷住了。为了设法弄清楚,他画了一个矩形,然后转移 90 度,长变宽、宽变长,面积并没变。

维纳的天赋很早就被父亲利奥·维纳发现,于是对小维纳实施了系统教育。维纳只知一味地读着,沉浸在知识的海洋里,自由地漫游着。8岁那年,他的视力极度恶化,医生诊断后严格规定维纳 6 个月内不准看书。小维纳心里感到十分憋闷,又感到十分伤心。为了安慰小维纳,父亲把代数、化学和几何题念给他听,并让他口算。没想到,几个月下来,小维纳的思维速度和准确性明显增强,而且想象的空间得以扩展,口语表达也十分有条理,而且他的视力没有恶化,小维纳又可以读书了。

就这样,小维纳一方面在大自然的熏陶下,另一方面又在父母的精心安排中,受到智慧的启迪,走上了一条不同寻常的科学之路。

■高鹏飞

智慧悟语

好奇心是兴趣另一种形式的表现。当一个人拥有强烈的好奇心,他会不停地追问为什么,从而锲而不舍地追寻答案,科学就是这样诞生的。而学习知识就是需要强烈的好奇心和精心的引导,才能得到更加科学的发展。

兴趣是成功的基石

他从来不去想今天少做了多少生意，然而，他的生意却出人意料的好，盖过了所有比他更聪明活络、更迫切赚钱的人。

有这样一个面包师，从小就对面包有着无比浓厚的兴趣，闻到面包的香气就如醉如痴。

长大后，他如愿以偿地成了一名面包师。他做面包时，有三个条件缺一不可：要有绝对精良的面粉、黄油；要有一尘不染、闪光晶亮的器皿；要有称心宜人的音乐伴奏，否则他就酝酿不出情绪，没有创作灵感。

他完全把面包当做艺术品，哪怕只有一勺黄油不新鲜，他也要大发雷霆，认为那简直是难以容忍的亵渎。哪一天要是没做面包，他就会满心愧疚——馋嘴的孩子和挑剔的姑娘只能去啃那些粗制滥造的面包了。

他从来不去想今天少做了多少生意，然而，他的生意却出人意料的好，盖过了所有比他更聪明活络、更迫切需要赚钱的人。

智慧悟语

不少人觉得学习乏味、枯燥，那是因为他们对学习没有兴趣，所以他们的成绩也不可能拔尖。想提高学习成绩，就必须先培养自己对学习的兴趣。只有对学习产生浓厚的兴趣，并时刻严格要求自己，才能全身心地投入其中，得到其中的精髓，最后才能登上成功的宝座。

抓住机会，培养兴趣

让孩子充分认识到知识的魅力，孩子自然会被它吸引，主动遨游于知识的殿堂。

大家都知道伟大的富兰克林，但是谁都不会想到他在幼年的时候也不喜欢学习。他有时候拿起书来想看，但是只要外面有伙伴叫他去玩或者街道上发生了什么事情，他就会把书一扔，第一个飞快地跑出去看。

他家里虽然经济条件不是很好，但是父母还是为孩子买了好多有意思的书籍，并把这些书籍放在很显眼的地方。

有一天，小富兰克林跑了进来，对他母亲说："妈妈，你能告诉我

埃及金字塔是怎么一回事吗？我的一个伙伴在考我。"

他母亲就给他讲解起来："这个埃及金字塔其实就是埃及法老的坟墓，但是它的样子很是奇特……"

他母亲把关于金字塔的各种知识都仔仔细细地告诉了他。

小富兰克林听得很入神，心里想："哇，原来世界上还有这么有趣的东西啊！我怎么以前不知道呢？"

他对母亲说："妈妈，你真是太厉害了，怎么什么都知道啊？我希望以后变得像你这么聪明，有着这么渊博的知识。"

"孩子，妈妈不是什么都知道，妈妈知道这些也都是从书上看来的。其实书上的知识很丰富，而且很多都是很有意思的，只要你去看，去发掘，就能变得和妈妈一样懂得这么多，甚至比妈妈懂得还要多。"

"是吗？妈妈。"小富兰克林更加不解了。

"当然了，妈妈没有去过埃及，本来根本就不知道这个事情，是书籍给了我知识。孩子，刚才你说你希望成为像我这样的人，那么你就要从现在开始多多地看书，汲取里面的精华，把它变为自己的东西，这样你就一定会比妈妈厉害。"母亲继续引导他。

"好的，妈妈，我知道了。以后我一定要好好地看书，把这些知识都学到我的脑子里去。"小富兰克林高兴地回答。

从此，小富兰克林对书籍有了兴趣，经常拿来书籍翻阅，津津有味地学习里面的内容。他母亲看到这些，心里很是安慰，但是小富兰克林还是有点儿缺乏自制力，有时会被别的事情分散注意力。

所以他母亲经常在他看书的时候对他说："孩子，你现在在看书，不要去管别的事情，你看完了才能和小伙伴们玩，好吗？"

"好的，妈妈。我喜欢看书。"小富兰克林大声地回应着。

然后母亲就会把他的玩具放到别的屋子里去，同时把房间的窗

户关好,尽量不让别的事情来影响孩子的学习。

就这样,小富兰克林能够很好地控制自己了。他不会再因外界而受影响,所以才有了后来的成就。

我们要知道学习的兴趣并不是与生俱来的,也不是一蹴而就的,它需要我们后天悉心的培养和呵护。只要我们充分认识到知识的魅力,自然就会被知识吸引,那样我们就会满怀信心地遨游于知识的海洋。

最好的钥匙

在你最感兴趣的事物上,隐藏着你人生的秘密。

2001年5月,美国内华达州的麦迪逊中学在入学考试时出了这么一道题目:比尔·盖茨的办公桌上有5只带锁的抽屉,分别贴着财富、兴趣、幸福、荣誉、成功5个标签;盖茨总是只带一把钥匙,而把其他的4把锁在抽屉里,请问盖茨带的是哪一把钥匙?其他的4把锁在哪一只或哪几只抽屉里?

　　一位刚移民美国的外国学生,恰巧赶上这场考试,看到这个题目后,一下慌了手脚,因为他不知道它到底是一道英文题还是一道数学题。考试结束,他去问他的担保人——该校的一名理事。理事告诉他,那是一道智能测试题,内容不在书本上,也没有标准答案,每个人都可根据自己的理解自由地回答,但是老师有权根据他的观点给一个分数。

　　外国学生在这道9分的题上得了5分。老师认为,他没答一个字,至少说明他是诚实的,凭这一点应该给他一半以上的分数。让他不能理解的是,他的同桌回答了这个题目,却仅得了1分。同桌的答案是,盖茨带的是财富抽屉上的钥匙,其他的钥匙都锁在这只抽屉里。

　　后来,这道题通过电子邮件被发回了这位外国学生原来所在的国家。这位学生在邮件中对同学说,现在我已知道盖茨带的是哪一把钥匙,凡是回答这把钥匙的,都得到了这位大富豪的肯定和赞赏。你们是否愿意测试一下,说不定还会从中得到一些启发。

　　同学们到底给出了多少种答案,我们不得而知。但是,据说有一位聪明的同学登上了美国麦迪逊中学的网页,他在该网页上发现了比尔·盖茨给该校的回函。函件上写着这么一句话:在你最感兴趣的事物上,隐藏着你人生的秘密。

智慧悟语

　　兴趣是人生最好的老师,是快乐学习的重要前提。只要坚持发展你的兴趣,锲而不舍地努力学习、奋斗,成功也就离你不远了。

一个流浪歌手的遗嘱

做自己喜欢做的事；想办法从中赚到钱。

"做自己喜欢做的事；想办法从中赚到钱。"这是很多美国人都信奉的生活信条，这两点总结源于一个神父的切身感悟。

汉德·泰莱是纽约曼哈顿区的一位神父。一天，一位病人生命垂危，他被请过去主持临终前的忏悔。他到医院后听到了这样一段话："仁慈的上帝！我喜欢唱歌，音乐是我的生命，我的愿望是唱遍美国。作为一名黑人，我实现了这个愿望，我没有什么要忏悔的。现在我只想说，感谢您，您让我愉快地度过了一生，并让我用歌声养活了我的6个孩子。现在我的生命就要结束了，但死而无憾。仁慈的神父，现在我只想请您转告我的孩子，让他们做自己喜欢做的事吧，他们的父亲会为他们骄傲的。"

这是一个流浪歌手的最后遗嘱，临终时说出这番话，让神父感到非常吃惊，因为这名黑人歌手的所有家当，就是一把吉他。他的工作是，每到一处，就把头上的帽子放在地上，开始唱歌。40年来，他如痴如醉，用他苍凉的西部歌曲，感染他的听众，从而换取那份他应得的报酬。

黑人的话让神父想起很多年前曾主持过的一次临终忏悔仪式。

那是位富翁，住在里士本区，他的忏悔竟然和这位黑人流浪汉差不多。他对神父说："我喜欢赛车，我从小研究它们、改进它们、经营它们，一辈子都没离开过它们。这种爱好与工作难分、闲暇与兴趣结合的生活，让我非常满意，并且从中还赚了大笔的钱，我没有什么要忏悔的。"

白天的经历和对那位富翁的回忆，让泰莱神父陷入思索。当晚，他给报社写了一封信，信里写道："人应该怎样度过自己的一生才不会留下悔恨呢？我想也许做到两条就够了：第一条，做自己喜欢做的事；第二条，想办法从中赚到钱。""做自己喜欢做的事；想办法从中赚到钱。"人生如此，也没什么好后悔的了。

智慧悟语

现实的生活常逼迫人们向金钱低头，不得不放弃那些似乎不切实际的兴趣。因此，对于多数生活在现实中的人来说，人生最幸福的事，莫过于既可以坚持发展兴趣又可以从中得到金钱养活自己。而学习也是一样，如果已经把学习当成一种兴趣，那将是一件十分幸福快乐的事。

品味成功的乐趣

引导、鼓励、赞美都是引发孩子对学习产生兴趣的好方法。

　　沈诞琦，复旦附中高二理科班学生。2005 年 8 月，她从年级组里最优秀的 10 名学生中脱颖而出，被美国著名中学 TAFT 寄宿制高中选中，作为复旦附中参加国际交流的学生，去该校完成高中学业。美国的学校向来重视多元文化的建设，因此，吸引 TAFT 寄宿制高中的不仅是沈诞琦每门学科的优异成绩，还有她各方面的综合能力。在复旦附中，沈诞琦曾多次组织大型论坛、演讲赛，并获得好评；而作为上海市青少年环保协会的副理事长，她还利用课余时间参与了多项课题研究。沈诞琦为什么如此幸运呢？

　　沈诞琦还在上幼儿园的时候，妈妈就见过不少家长下了班以后忙家务，等收拾了碗筷洗刷完毕之后已累得快趴下了，可是这一天的工作还没有完成，因为这才刚到了替孩子检查作业的时间。

　　两个月之后，妈妈从沈诞琦每天答题的"程序"中欣喜地发现，女儿不仅习惯了这种学习方式，甚至还把不断缩短答题时间视为一种乐趣和对自己的挑战。

　　如果说在沈诞琦的成长过程中，学习能力的养成，教会她作为学生应有的责任感，那么阅读习惯的养成，则帮助她打开了一扇通

往知识海洋的大门。

沈诞琦在念小学二年级时，有一次晚饭后，她硬是缠着妈妈给她讲故事，可妈妈又不是"故事大王"，哪来那么多故事啊？情急之下，妈妈记起先前看过的那份《新民晚报》上"蔷薇花下"有一则故事很有意思，于是便绘声绘色地给女儿讲了起来。

"这个阿姨的行为很不好。"沈诞琦听完之后，歪着小脑袋沉思起来，"妈妈，这故事是真的还是假的啊？""这都是发生在我们生活中的一些不和谐的现象。"妈妈拿起报纸，指着"蔷薇花下"的这篇文章对女儿说："虽然妈妈没有亲眼看到，但是妈妈可以通过阅读报纸来了解啊。你现在是小学生了，与其听妈妈讲故事，还不如自己看故事。"

"可是报纸上面有好多字我都不认识，怎么办？"

"你可以查字典。"

打那以后，沈诞琦每天晚饭后必做的一件事就是展开报纸，仔细地阅读"蔷薇花下"的文章。遇到不认识的字，她会搬出字典，耐心地查阅。

以后她贪婪地从书中汲取各种养料，不断丰富着自己的知识架构，她的思维和理解能力也在博览群书的过程中不断地得到提高和完善。

小时候，她学画画时，妈妈把女儿所有的画集中起来，镶在镜框里，像模像样地挂满了一屋子，还邀请亲戚和邻居来观摩"画展"。听到大人们称赞她画得好时，沈诞琦心里别提有多高兴，还一个劲地摇着妈妈的手说："我以后还要开画展，我一定会画得比现在更好。"类似的画展后来又在沈诞琦的家里陆续开过几次，每一次的进步都见证着她的成长。

妈妈说："许多孩子对读书缺乏兴趣，其实是因为没有体会到成

功的乐趣,这好比沈诞琦学画,家长需得多花些心思来激发孩子的兴趣,让他体验到成功的乐趣。"

智慧悟语

　　沈诞琦之所以能够取得那么优异的成绩,就在于她始终对学习怀有浓厚的兴趣。她的兴趣的形成是在一次次品味成功的乐趣之后,逐渐培养出来的。所以我们应从现在做起,养成好的学习习惯,有意识地培养自己学习的兴趣,那么你也能成功。

塑料的"源头"

　　创造的灵感来自对身边事物的关注,而关注是因为有兴趣,所以兴趣是创造的原动力。

　　塑料制品千千万万,是现代生活中必不可少的东西,然而,你知道吗?它的发明却源自一个新乒乓球的征集活动。

　　19世纪中期,乒乓球运动风靡美国,制造商们一直想找到一种更为理想的乒乓球,于是,他们在报纸上悬赏1万美元征集更好的乒乓球,马上有很多人跃跃欲试,但很多人都失败了。一个叫海维特

的印刷厂工人也开始了乒乓球的制作。

按说一个普通的印刷工人，又怎么懂得化学制造呢？然而，和其他那些被 1 万美元迷得晕头转向的人不同，海维特有一个阅览各种报刊杂志的爱好，尤其对化学，他一直都很留心地去研读，经常自己搞些小发明和小试验。这次，他一边结合平时所学，尝试各种方法进行制造，一边留心各种化学期刊。

终于，有一天，他在一本化学刊物上了解到有人研制出了一种特殊的棉花——将普通棉花浸在浓硫酸和浓硝酸的混合液中，棉花就出现了新的特性。海维特大受启发，仿照这种方法进行试验。一次，他将樟脑放进这种溶液中，不断地搅拌摇晃，渐渐地溶液变得黏稠，最后变成了一团白色柔软的物质。他将其搓成一个圆团，成了乒乓球的样子，待圆球冷却变硬后把它往地上一丢，"乒"的一声竟然弹得老高。海维特大喜，这不就是更好的乒乓球吗？

于是，在发出了征集广告 7 年后，制造商们收到了海维特制造的乒乓球，满意地付给了他 1 万美元。

由于这种乒乓球的原料来自纤维素，人们称它为赛璐珞，意思是来自纤维素的塑料。这是人类发明史上的第一种塑料。到了 20 世纪，科学家们在这种塑料的基础上不断地加以改造和创新，终于研究出了现在最常用的塑料——聚乙烯，给我们的生活带来了无限的方便。这还要多多地感谢海维特那种对科学的兴趣呢。

智慧悟语

因为兴趣，一位普通印刷工人也能为世界带来无限的便利。创

造的灵感来自对身边事物的关注,而关注是因为有兴趣,所以兴趣是创造的原动力。没有兴趣的学习,犹如一口干枯的井,即使掘得再深,也流不出滋润成功的清泉。

"鬼迷心窍"的法布尔

> 在扔那个装了小甲虫的蜗牛壳时,他看了又看,好像在说:"小甲虫啊,小甲虫,你先在这里委屈一夜,明天早晨我一定把你带走。"

　　法布尔出生在法国南部山区的一个小村庄里。村前有小溪流水,村外是山野树林,环境十分优美。自然万物的美深深地吸引了他,他从小就喜欢观察动物,热衷于将山楂树当床,将鳃角金龟放在山楂小床上喂养,他想知道为什么鳃角金龟穿着栗底白点儿的衣裳;夏日的夜晚他匍匐在荆棘丛旁,伺机逮住田野里的"歌手",他想知道是谁在荆棘丛里微微鸣唱。昆虫世界是那么奇妙莫测,童年的法布尔总是睁着一双明亮的眼睛,警觉地注视着虫儿和花草,好奇心唤起了他探求昆虫世界真相的欲望。

　　在他5岁的时候,一天晚上他和家人在庭院乘凉,突然听见房屋背后、荒草滩里响起一阵"唧——唧唧唧"的虫鸣声,声音清脆好听。是蟋蟀?比蟋蟀的声音小多了;是山雀?山雀不会连续叫个不停,更何况在漆黑的夜晚呢。于是他决定去看看。大人们吓唬他说,有

狼，会专门吃小孩子的。小法布尔却毫不胆怯，勇敢地跑到屋后去观察个究竟。结果他发现：发出鸣叫的不是小鸟，而是一种蚂蚱。从此，他对昆虫产生了浓厚的兴趣。

八九岁的时候，父亲叫他去放鸭子。每天早晨，他把鸭子赶进池塘以后，不是在水边东奔西跑地抓蝌蚪、逮青蛙、捉甲虫，就是蹲下来静静观察奇妙的水底世界：漂亮的螺壳、来回穿梭的游鱼和身上好像披了五彩羽衣的蠕虫……

有一次，在池塘的草丛里，法布尔发现一只全身碧蓝、比樱桃核还要小些的甲虫。他小心翼翼地把它拾起来，放在一个空蜗牛壳里，打算回家再好好欣赏这珍珠一般的宝贝。这一天，他还捡了好多贝壳和彩色的石子，把两个衣袋塞得鼓鼓囊囊的。

夕阳西下的时候，法布尔欢欢喜喜地赶着鸭子，满载而归。一路上，他默默地歌唱，心里甜滋滋的。尽管这歌声里没有字眼儿，可它比有字的还悦耳，比美梦还缥缈，因为它道出了池塘水底的奥秘，赞美那天仙般美丽的甲虫。

法布尔一回家，父亲见到他衣服很脏，还捡一些奇怪的东西回家，便怒气冲冲地吼道："我叫你去放鸭子，你倒好，捡这些没用的玩意儿，快给我扔了！"

"你呀，整天不干正经事，将来不会有出息的，你见我还不够辛苦吗？"母亲在一旁也厉声地责备说，"捡石子干吗？撑破你的衣袋！老是捉小虫儿，不叫你小手中毒才怪呢！你呀，准是叫鬼迷了魂！"

听了父母突如其来的责骂，法布尔难过极了。屈服于压力，他只好恋恋不舍地把心爱的宝贝扔进了垃圾堆。

在扔那个装了小甲虫的蜗牛壳时，他看了又看，好像在说："小甲虫啊，小甲虫，你先在这里委屈一夜，明天早晨我一定把你带走。"

父母的责骂并没有驱散法布尔对昆虫的迷恋之情,强烈的兴趣已经深种在他的心田。以后每次放鸭子,他仍然乐趣无穷地干那些"没有出息的事",背着大人把衣袋装得满满的,躲起来偷偷地玩。

正是这种被"鬼迷了魂"的兴趣,把法布尔引进了科学的殿堂。后人为了纪念法布尔,为他建造了雕像。有趣的是,他的雕像的两个衣袋全都高高鼓起,好像塞满了沉甸甸的东西。

智慧悟语

那种被"鬼迷了魂"似的投入与坚持,造就了一个成功的科学家。如果说兴趣是成功的基石,那么持之以恒则是成功的支柱。只有打好坚实的基石,立好支柱,才能支撑起成功的大厦。

看棒球 学数学

在世界上的任何一个角落、任何一个瞬间,都可能发生与数学有关的事件,体育亦如此。

世界经济的著名"调音师"——格林斯潘说,他对数学的精通和兴趣,全然来自于棒球,因为棒球使他成为一名成功的经济学家。

格林斯潘很小的时候便开始迷恋上棒球，可棒球的计分规则对于这么一个小不点儿来说，实在是有些复杂。为了看棒球比赛，格林斯潘努力地动脑筋，琢磨棒球里的数学问题。他后来回忆说，他对统计学的敏锐，全然得益于此。因为棒球，他不得不勤奋地学习分数，只有这样，他才能搞懂有关棒球赛的平均数问题。

格林斯潘出生在美国纽约，父亲是个股票经纪人，母亲在零售店工作。小时候因为父母离异，格林斯潘跟随母亲生活，遇到零售店忙时，母亲就让格林斯潘来帮忙。格林斯潘5岁时，就成为零售店的"义务"收银员。经过不断锻炼，格林斯潘的数学能力再次得到提高，并最终显示出过人的数学才能。

因为自己的经历，格林斯潘总是对美国的教育界说，美国的数学教育应该以一种"有趣的方式"在小学展开，就像他小时候迷恋棒球和算账一样。不要觉得体育锻炼只是体能上的训练和提高，似乎完全与学习无关。事实上，在世界上的任何一个角落、任何一个瞬间，都可能发生与数学有关的事件，体育亦如此。

智慧悟语

我们对学习常常存在一个误区，以为学习就是纯粹地从书本上获取知识。其实，学习和生活是息息相关的，比如格林斯潘喜欢棒球，因而勤奋学习数学。这样由一件感兴趣的事情，就自然而然地引发了自觉学习的热情，学习也不再是苦差事。

第❷辑
珍惜学习的机会

巴尔扎克的成就是少年时的皮鞭和责难造就的；安徒生的童年没有童话，只有痛苦和孤独；莎士比亚的戏剧天分是在当剧场杂务工时形成的。这些大师本来都应该与书本无缘，但他们都努力创造学习的机会，也非常珍惜这些机会，因为他们都失去过。如果你有很好的学习机会，请珍惜它，因为很多伟人为了拥有这些机会付出了很多；如果你可能失去学习的机会，请不要放弃，因为很多人为了创造学习的机会也付出了很多。

成功就在"一张纸"

> 三年没有学到的东西，只用三天就学到了。费了很多纸没有成功，而只费一张纸却成功了。这其中的奥秘，就是"珍惜"。

　　宋代著名书法家米芾(fú)，从很小的时候，就喜欢写字，并幻想着当一个人人赞赏的书法家。但他跟村里的一个私塾先生学写字，学了三年，费了好多的纸，却仍然写不好。先生一气，说："耗墨无数，废纸成堆，三年苦练，毫无长进。我看你根本不是当书法家的料，还是回家种地去吧。"说完就把他赶走了。

　　米芾还是不甘心就此罢休。一天，有个赶考的秀才从米芾家乡路过。米芾听说他的字写得很好，就去求教。秀才问了他学习的情况，然后说："要我教你，得有一个条件，就是必须用我的纸，而且要5两纹银一张。"米芾听后，吓得目瞪口呆。秀才又说："你要不愿意就算了。"米芾急了，忙说："我愿意，我愿意，等我找钱去。"

　　母亲经不住米芾的苦苦哀求，只好把自己唯一的首饰当了5两纹银。秀才接过银子，把一张纸给了米芾，并嘱咐他要用心去写。

　　这只不过是一张普通的纸，但米芾却不敢轻易下笔，因为这张纸的代价太高了。5两纹银，需要他父亲辛苦劳动半年才能挣来。如果用这5两纹银买粮，够他们全家吃几个月了。怎么能够轻易地写

几个字,就浪费了呢?因此,他反复地琢磨字帖,认真地构思笔法,并用手指先在书桌上一遍又一遍地练习和比画,想着每个字的间架结构和笔锋,渐渐就入了迷。

三日后,秀才过来问米芾:"怎么还不写呀?"米芾一惊,笔掉在地上,说:"纸太贵了,怕废了纸。"秀才笑道:"你已经琢磨了三天了,先写一个字让我看看。"于是,米芾倾注全部的心力、脑力、臂力、笔力,写下一个"永"字。秀才一看,几乎和字帖上的字一模一样。而仔细看,又具有独特的神韵和笔锋,真是太漂亮了。

秀才说:"写字不只是动笔,还要动心。看来,你已经懂得其中的诀窍了。"

几天后,秀才要走了,临行前送给米芾一个布包,并叮嘱要在他走后再打开。米芾目送秀才远去,打开布包一看,原来是他买纸的那 5 两纹银。米芾不禁掉下眼泪。此后他一直把这 5 两纹银放在书桌上,时刻铭记那位苦心教他的秀才。

三年没有学到的东西,只用三天就学到了。费了很多纸没有成功,而只费一张纸却成功了。这其中的奥秘,就是"珍惜"。

■ 刘淑芹

智慧悟语

珍惜,珍惜,不管是学习用具,还是每一次学习机会和宝贵的时间,都应该珍惜。只有懂得珍惜,勤奋努力,才能学有所获。

两个人的天堂

> 一张张奖状上，最初只有一个名字，另一个名字，字迹歪歪斜斜，分明是后来添上去的。

何必简直不敢相信自己的眼睛。作为实习记者，何必接触过的所有新闻和图片，似乎全在述说着一个同样的主题：广东富得流油。可眼前这幢低矮的砖瓦屋，破旧的门窗，空荡荡的家，却在无言地讲述着另外一个故事。何必脚下踏着的土地属于阳西县，为广东省阳江市所辖。

何必在昏暗的屋子里走了几个来回，看着眼前的一切：一辆破损待修的人力三轮车放在屋角，破铜烂铁和废纸张残器具随处可见，一个小女孩低头忙着将各种各样的废品分门别类地码整齐，墙壁上贴满奖状。墙壁上的奖状引起了何必的注意。每一张奖状上，无一例外，都写着两个名字：程思爱、程思晴。似乎每次表彰都是两个人同时获得。但仔细一看，就能发现并非如此。一张张奖状上，最初只有一个名字，另一个名字，字迹歪歪斜斜，分明是后来添上去的。

小女孩发现何必在打量奖状，主动说话了："我叫程思晴，我姐姐叫程思爱。"

何必问："你姐姐呢？"

思晴:"我姐姐去学校读书了。"

何必找了个小板凳,坐下,问:"思晴,你的爸爸妈妈呢?你干吗不去上学?"

思晴的脸瞬间红了,她低下头,将脑袋埋进两膝间:"我爸爸坐牢去了,我妈妈捡废品去了。我明天才去上学,今天该姐姐上学。"

到底是实习记者,真是没见过"世面",在首都皇城根下出生、长大的 22 岁的何必居然当场就将自己那张年轻的嘴惊成一个合不拢的圆圈:"你们两姐妹轮流去读书?"

比蚊子唱歌还压抑的声音从小女孩两个膝盖间传出:"嗯。"

何必很快信服了。程家的现状明显地摆在眼前:男主人吸毒,也贩毒,被判了 12 年,正在监狱服刑。毫无收入的女主人只好去捡破烂。只是,拾荒卖破烂的收入,仅够维持全家人的日常生活,供子女读书则无异于奢望。这样一来,思爱和思晴这对 10 岁的双胞胎姐妹,轮流去学校读同一班级,真的不失为一条奇特的"妙计"。

何必沉默了半晌,带着不安问:"学校老师和同学知道你们两姐妹轮流读书吗?"

思晴的脸越发红了:"开始不知道,后来知道了……老师没骂我们,有时还给我们补课,还送笔和新本子给我们。同学们也不嘲笑我们,还把旧书包旧文具盒送给我们……"墙壁上,果真挂着几个半新的书包。

何必愈听愈清楚了,这对可怜的姐妹,每天只能有一个去学校读书,另一个要么陪妈妈去拾荒捡破烂,要么待在家里清理废品并进行分类。到了晚上,去学校读书的那个,就当"老师",把当天学来的知识全部"教"给另一个。至于考试,赶上哪个姐妹去学校,哪个就当考生……

思晴的话越说越多,兴致也越来越高,到后来,干脆站起来,指

着满墙的奖状骄傲地说:"叔叔,你看,我和姐姐老考第一。"思晴更自豪地宣布:"我和姐姐都是班干部。同一个学习委员,我和姐姐轮着当,同学们常把我俩当小老师,有不懂的就问我们……"

何必望着思晴那张沾着黑色泥渍却无比明媚的小脸,心里说不上是欣慰还是沉重。那是一种前所未有的怪怪的感觉。何必的手上握着笔,腿上摊着采访本,却始终没有一个字落在雪白的纸上。思晴的一言一语,以及何必亲眼看到的一切,统统钻进何必脑子里去了,钻得很深很深。

何必掏出 200 元钱,说:"思晴,这是给你和姐姐好好学习、天天向上的奖励,你们要再接再厉,叔叔还会来看你们……"思晴没推托,收下了,却又拦住何必的去路,满脸期待地问:"叔叔,你是记者,记者也是作家吗?"

何必奇怪地看着思晴的大眼睛。

思晴说:"我和姐姐也想当作家,我和姐姐要写童话书,我们已经写了四千多字了……"

生活在如此残酷的环境里,却在书写美丽的童话,何必并没觉得诧异。他问:"童话书的名字叫什么?你们写的是什么内容?

思晴说:"书名叫《天堂里的笑声》,我和姐姐都喜欢这名字。我们要写许多人在天堂里的幸福生活……"

何必问:"你们眼中的天堂是什么样子?"

思晴的眼睛亮晶晶的,闪烁的光彩都快溢出来了,她高兴地说:"天堂呀,就是那里的人从不吸毒,也没有毒品吸;那里的人不用捡破烂,也没有破烂捡;天堂里的人天天欢笑,天天唱歌。天堂里的每一个孩子都有爸爸妈妈陪在身边,每个孩子都能高高兴兴去上学……"

实在忍不住了,何必走出一段路,靠着一棵树坐下,哭了。

■ 蔡 成

智慧悟语

在知识面前,从来没有高低贵贱之分。这两个贫穷的姐妹,对知识的渴求刺痛了我们的眼睛。而我们很多人身处优越的学习环境,却从来不懂得好好珍惜。但愿那个美丽的天堂梦能够成真,所有的孩子都能高高兴兴地去上学。

我的知识都是捡来的

求知是一个异常艰苦而漫长的过程,而生活也不是一帆风顺的。在逆境中仍然奋发图强,才能克服生活上、学习上的"拦路虎",最终攀上知识的高峰。

林肯出生在美国肯塔基州的农民家庭,穷人的孩子早当家,6岁那年,林肯就帮家里做些力所能及的活了,比如割草、砍柴、喂马,等等。生活的艰难让全家屡次迁移。后来,父母为了他的前程着想,把他送到学校断断续续地读了一年书,但由于老师嫌那里的生活环

境太艰苦，最终离开了。这样，小林肯又失学了。但这一年的教育足以唤起小林肯的求知欲，从此以后他对书本、知识有着特殊亲切的感情，觉得它们是自己生命不可分割的一部分。

　　林肯即使是在做农活的时候也会带着一本书去，这样不久就把家里有限的藏书看完了。对书本的饥渴让林肯觉得很难熬，于是他开始四处借书看。有时候，为了借到一本书，林肯常常要走上几公里的路，这对于一个还不到 10 岁的孩子实在是难得。林肯就是这样让自己从来不缺书读。

　　一天，林肯到邻村很有名望的鲍里斯医生家打短工，以补贴家用。他在帮鲍里斯医生打扫房间的时候在桌子上发现一本崭新的《华盛顿传》，喜欢读书的林肯再也动不了了。他一遍遍抚摸着崭新的书舍不得放下。为了能读到，他壮着胆子向鲍里斯医生开口借这本书。鲍里斯医生觉得林肯还小，肯定看不懂，加上是新书怕他弄坏，舍不得借给他，就问："你能看懂吗？"林肯马上说："是的，我想我可以。""这是新书，我还没来得及看，你能保管好吗？""您放心，我一定好好保管。""那好，既然你这样喜欢，就借你看几天，但你要记着自己说过的话，不能弄脏弄坏。"

　　借到书后林肯高兴极了，回到家后马上翻开了书，虽然已经干了一天的活，但他依然看到 12 点多，妈妈催了好几次，他才爱不释手地放下书。劳累了一天的林肯很快进入了梦乡，但他很快被一阵雷声惊醒，他忽然发现家里漏雨了。想到那本书，他一下跳起来。但是已经晚了，书完全被雨水淋湿了。他又着急又害怕，差点儿哭出来。

　　第二天，鲍里斯看到林肯手里那本已经面目全非的书，有些生气了。"小家伙，你可是向我保证过的，不把他弄脏。""对不起先生，我实在不知道夜里下雨了。""你知道，这本书值多少钱吗？""我知

道,我可以为您干活,用工钱来赔偿这本书。"就这样,林肯又为鲍里斯医生干了三天活。等到第三天的时候,鲍里斯医生被林肯的诚实感动了。"行了,这本书归你了。"

林肯勤奋好学的故事从此也传开了,人们都愿意把自己的书借给他读,几年中,林肯把远近几十里内能借到的书都读遍了。后来林肯回忆自己的经历说:"我的知识都是捡来的。"

智慧悟语

所谓活到老学到老,要珍惜每一个汲取知识的机会。求知是一个异常艰苦而漫长的过程,而生活也不是一帆风顺的。只有像林肯一样有勇气的人,不畏艰苦,在逆境中仍然奋发图强,才能克服生活上、学习上的"拦路虎",最终攀上知识的高峰。

铁窗下的黄金岁月

无论处于怎样的困境,受到多大的挫折,只要不放弃学习,就一定能取得不俗的成绩。

1812年,法国皇帝拿破仑率领60万大军侵入俄国,他们虽然打

进了俄国首都莫斯科，但是遭到俄国军民的顽强抵抗，最后还是惨遭失败。兵士们死的死、伤的伤，最后只剩下 2 万人随拿破仑逃回法国。俄国士兵在搜索战场的时候，在死人堆里发现了一名奄奄一息的法国军官。这名军官名叫彭色列。

彭色列原是巴黎一家工艺学校的毕业生，虽然当时他只有 24 岁，但在数学上却已经很有成就。在这次法国入侵俄国的战争开始之前，根据拿破仑的强迫征兵制，他被编入法国军队里做工兵军官。被俘之后，经过 4 个多月的长途跋涉，他被押送到了战俘监狱。

在监狱里，彭色列没有气馁，也没有忘记他心爱的数学。作为一名战俘，他手头没有任何资料，他凭着自己的记忆力，重温着从老师那里学到的数学知识，在监狱的石墙上进行着大量的运算。后来他设法弄到了一些纸张，这样就可以记录下他思考的结果。在监狱恶劣的条件下，彭色列进行着当时一门新的数学分支——射影几何学的研究。

一年半之后，彭色列终于被释放了，他带着他在狱中写下的七大本数学笔记回到法国，担任了母校的数学教授。他对自己在狱中的研究成果做了更加细致的补充和修订，并予以出版，为射影几何学的发展奠定了理论基础。

可以说，在铁窗下，彭色列度过的是一段黄金岁月。

智慧悟语

身处监狱，看不到希望和未来，在这样极其恶劣的环境下，彭色列依然没有放弃自己的理想，继续思索、学习、进步，最终取得令人

瞩目的成就。所以说,无论处于怎样的困境,受到多大的挫折,只要不放弃学习,就一定能取得不菲的成绩。

知识改变了修鞋匠的命运

读书要读透,掌握技能的同时还要不断润泽自己的精神与心灵。要想改变生活,就请多读书吧!

姜锦程 1966 年出生于山东省高密县柴沟镇大王柱村一个贫困的农民家庭。高中一年级时,父亲去世,家庭负担日益沉重,他不得不辍学回家。务农 3 年后,他随一支建筑队到青岛打工。

刚进建筑队,他就开始自学,一年后就拿到了"建筑工程预算员资格证书"。他从搬砖的小工变成了预算员。他的命运第一次因为知识而改变。

他没有就此满足。他要继续靠知识改变命运。他考上了青岛市职工大学。他一边工作,一边用业余时间上大学。

可是不久,工程完工,建筑队要移师威海,他如果跟着建筑队走,就得中断学业。他如果留在青岛学习,就没有了工作,没有了经济来源。经过激烈的思想斗争,他决定留下来继续念大学。因为这决定他未来的命运。

他走遍大街小巷都没有找到工作。一个修鞋的人给了他启发。

他觉得,这个活挺好,机动灵活,时间可以自己掌握,能保证学业,又解决了温饱问题。他拿出兜里仅剩的 200 元钱,花 196 元购买了修鞋工具,走街串巷去修鞋。

为了学习、上课,他长期养成了一个生活习惯:每天凌晨 3 点钟就起床,看书到 6 点钟,大脑疲劳时再上床躺一小时,7 点钟起来做饭,一边做饭一边看书;8 点准时出摊;下午 4 点收摊,匆匆吃点儿剩饭就去上学;放学回来实在饿了就啃几口萝卜充饥,然后把教师讲的课温习一遍,10 点上床睡觉。

就这样,他一连坚持读完了三个大学。1995 年,他拿到了"工业与民用建筑"大专文凭;1998 年,他拿到了法律专业大专文凭;1999 年,他又拿到了英语大专文凭。

从 1989 年到青岛打工,到 1999 年拿到了三个大专文凭,他有 10 个除夕夜都是一个人在青岛阴冷的小屋里,在苦读中度过的。

1999 年 10 月,他走进了律师资格考试的考场,但这次他名落孙山。

2000 年 10 月,他又走讲了律师资格考试的考场,这一次,他成功了。不久,他就被青岛某律师事务所录用。

修鞋匠当律师的消息不胫而走,被新闻媒体报道,被中央电视台《东方时空•百姓故事》专栏予以报道……姜锦程从小小的修鞋匠成为一名律师,是他自觉地学习起了决定性的作用。他十年如一日地坚持学习,虽然吃尽了苦,但他真正体验到了知识改变命运的甜头。我们有理由相信,他的明天会更灿烂。

智慧悟语

知识改变命运，这道理人人都知道，但很多人却不知道如何去读书才是正确的改变命运之道。读书要读透，掌握技能的同时还要不断润泽自己的精神与心灵。要想改变生活，就请多读书吧！要想改变命运，就请理性地多读书吧！只有这样，生活的阳光才能照进你的心房。

一心要读书的少年

读书与学习是个人发展的自我需要，只有发自心底的渴望知识，才能真正敲开知识王国的大门。

罗蒙诺索夫是 18 世纪俄国一位伟大的科学家。他出生在俄国北方阿尔汉格斯克村一户渔民的家里。

罗蒙诺索夫 8 岁的时候，妈妈送他到退职教堂执事尼基蒂奇家里去学习。尼基蒂奇对小罗蒙说："念书是走向知识的殿堂。走向知识的道路可是一条很艰辛的路，是你自己要读书，还是你的妈妈逼你来的呢？"

小罗蒙诺索夫很干脆地回答："是我自己要求读书的。"

尼基蒂奇听了很高兴，并说这个小罗蒙诺索夫可不一般。可是上课没过多久，尼基蒂奇就病倒了。

在一个伸手不见五指的夜晚，小罗蒙诺索夫敲响了舒勃纳家的门。舒勃纳是村上首屈一指的文化人；他打开了门，见是小罗蒙诺索夫，就问他：

"是你的父亲叫你来的吗？"

小罗蒙诺索夫很干脆地回答："不，是我自己来的。我要读书，叔叔，你就收下我吧！"

舒勃纳答应了这个孩子的请求。整个寒冷的冬天，小罗蒙诺索夫每天很早就起来，赶到舒勃纳的家里来学习文化，一点儿也不要爸爸妈妈操心。过了一段时间，待尼基蒂奇的病痊愈后，小罗蒙诺索夫已经把识字课本全部学完了。

不幸的是仁慈的妈妈病故了。两年以后，爸爸给他续了个后母，后母是个很凶狠毒辣的女人。小罗蒙诺索夫在家里总喜欢捧着书不停地看啊，念啊。后母看到他看书就气不打一处来，常常把他的书夺过来，往地上一摔，还凶狠地说：

"念什么书，书念得越多越笨，你给我滚出去！"

小罗蒙诺索夫只好离开温暖的屋子，钻进寒冷的旧板房里。在那个寒冷如冰的屋子里如饥似渴地看书，整个精神沉浸在知识的海洋里。

狠毒可恶的继母视小罗蒙诺索夫如眼中钉、肉中刺。于是她想出一个办法，让他的父亲带着他出海去。父亲万般无奈，只好让10岁的小罗蒙诺索夫跟着出海捕鱼。有一天，罗蒙诺索夫一边烧鱼汤一边看书，思索着书中的问题，完全忘记自己在烧鱼汤了。结果烧鱼

汤变成烤鱼干了！父亲也无可奈何。父子俩就吃鱼干吧。

出海三天以后，船驶入了汹涌澎湃的大海。忽然刮起了飓风，巨浪铺天盖地席卷而来，眼看着就要翻船。罗蒙诺索夫迅速地脱去胶鞋，像猴子一样爬上桅杆，拴住吹掉的帆篷，帆船得救了！父亲眼看着小罗蒙诺索夫的机智勇敢保住了帆船，感动得流下了热泪。他对儿子说：

"孩子，你可立了大功了，奖你一件鹿皮上衣吧！怎么样？"

懂事的小罗蒙诺索夫说："爸爸，我什么也不要，我就要一本书！"

爸爸听了高兴地问："你要一本什么书呢？

小罗蒙诺索夫回答说："一本什么知识都有的书。它能告诉我为什么星星不会掉下来，为什么黑夜过去是黎明……"

没想到爸爸却说："小傻瓜，别说世界上没有这样的书，就是有，我也不会买。你的当务之急是要抓紧时间把我的本事学到手！"

有一天，罗蒙诺索夫看见达尼洛夫家有一本著名的数学家写的书——《数学》，看了爱不释手。尼达洛夫看他喜欢就对他说：

"你要是有胆量到墓地去过一夜，这本《数学》书就给你了。"

小罗蒙诺索夫为了那本心爱的《数学》书，真的大着胆子在墓地里睡了一夜。漆黑的夜里，他仰望满天的星星，数也数不清，看也看不到边，真是苍穹无边哪！一夜很快就过去了，罗蒙诺索夫终于如愿以偿，得到了那本宝贝似的《数学》书。他用颤抖的手捧着它，把它揣进了怀里，还激动得吟诵了一首诗。

在一个风雪交加的夜晚，罗蒙诺索夫的家里来了一位从莫斯科来的客人。因为车夫迷了路，他要求借住一夜。罗蒙诺索夫问那位莫斯科来的客人："你有书吗？"

那客人说:"有,我在莫斯科的一所学校里教书,那里有好多的书。"

罗蒙诺索夫说:"你把莫斯科所有的学校都给我画在纸上,行吗?"

客人说:"好,我给你画!"

罗蒙诺索夫看完后对爸爸说:"爸爸,让我到莫斯科去吧!"

爸爸说:"你疯了吧,我只有你一个儿子。你敢胡来,看我不狠狠地揍你!"

就在当天的夜里,罗蒙诺索夫向邻居借了三个卢布,偷偷地离开了家,长途跋涉,去莫斯科寻找学校,寻求知识,探索大自然的奥秘去了……

罗蒙诺索夫终于在莫斯科进入了一所学校,并以优异的成绩被派往德国留学。回国后,他更加刻苦钻研,发现了物质不灭定律,还在电学、光学、气象学、天文学等方面作出了重大的贡献。

罗蒙诺索夫博学多才,还是俄国著名的学者、诗人。他被人称为"俄罗斯科学之父",成为科学史上永远值得纪念的人。

智慧悟语

读书与学习是个人发展的自我需要。不要为提高你脑子内部的活动能力而去读书,也不要为了和别人比起来你更有知识而去读书,更不要仅仅为了某人的要求与期望而去读书。只有发自心底的渴望知识,才能真正敲开知识王国的大门。

责难和皮鞭造就的大师

在家庭和学校都放弃了巴尔扎克的时候，他却抓住了一道学习的曙光，灵活学习，贪婪地吸收知识，并最终在文坛上留下了不朽的贡献。

巴尔扎克是法国历史上最杰出的现实主义作家。

他于1799年5月20日出生在法国西部的图东城。他的父亲是个金融家，在政府做官，母亲比父亲小32岁，对子女漠不关心。所以，巴尔扎克从小就没有感受到家庭的温暖，还经常受到母亲的呵斥。

8岁那年，巴尔扎克被送到一所教会办的学校读书。这所学校对学生非常严厉，经常进行体罚。巴尔扎克那时候正是调皮的年龄，经常不守规矩，比如排队行走时，他有时走得慢，有时又走得很快；上课听讲也常常走神发愣，所以他挨打的次数特别多。老师看他长得比较胖，学习成绩又不大好，就骂他："这个孩子整天呆呆的，又懒又笨，简直不可造就。"

巴尔扎克在家里受到冷淡，在学校里又受责难和鞭打，无处诉说，渐渐地养成了沉默寡言的性格。幸好，他认识学校里的一个图书管理员，那人对他非常好，经常把他叫去，问他有什么困难，还为他

补习功课。他对巴尔扎克说：

"你要是喜欢看书，就来找我，我借给你。"

"太好了。我以后会常来借书的。"

从此，巴尔扎克就经常到图书馆借书看。虽然年纪小，可他读书的兴趣很浓，哲学、历史、神学、科学……什么书都要读一读。对文学名著，他更是爱不释手。教师都没有看出来，这个看上去很笨的学生，实际上有着极强的记忆力和分析能力。巴尔扎克读书的速度很快，他并不是一个字一个字地死读，而是注意抓住书里的中心内容，着重理解。对于书里的人名、地名、对话、故事经过，他都记得非常牢固。

就这样，少年时代的巴尔扎克虽然没有感受到家庭的温暖，又常被学校责罚，可内心世界却十分丰富。他掌握了许多知识，为日后从事写作打下了坚实的基础。

智慧悟语

没有家庭的温暖和长辈的鼓励，在家庭和学校都放弃了巴尔扎克的时候，他却抓住了一道学习的曙光，灵活学习，贪婪地吸收知识，并最终在文坛上留下了不朽的贡献。而我们有父母的殷切期望，有老师的耐心教导，有宽松的学习环境，还有什么理由不好好珍惜学习的时光呢？

一生坎坷的莎士比亚

黑暗中化阻力为动力,不放过任何可以学习、成长的机会,在不可能中创造发展,莎士比亚为我们树立了一个学习的榜样。

　　莎士比亚是英国文艺复兴时期杰出的诗人、剧作家。

　　他出生于 1564 年。幼年时,因家里的条件比较好,父亲把小莎士比亚送到镇上的文法学校读书,使他受到了良好的教育,为莎士比亚后来的创作打下了初步的文化基础。

　　莎士比亚 23 岁时,抛妻别子,一个人到伦敦去闯天下。在伦敦他几乎什么事都干过。他当过教师、屠夫、听差、律师事务所的杂役,还参过军。可是没有一个职业是长久的,他认为这些职业都不适合他。那时的莎士比亚可以说是穷困潦倒,一贫如洗,流落街头,衣食无着。

　　有一天,他到一家小酒馆想借酒浇愁,向店家赊一杯酒喝。可是店家看他一副穷酸相,哪里肯白白地给他酒喝呢?

　　店主怒骂道:"你这个不名一文的乞丐,还想要喝酒?快给我滚出去!"这时,一位正在店里喝酒的人把莎士比亚叫过去,说:"你坐下,我请你喝酒。"说着,他便对店主说,"请你给他送三杯酒来,记在我的账上。"

　　莎士比亚千恩万谢地坐下来喝酒。

　　"你是从哪里来的?准备干什么?"请他喝酒的人问。

"我从斯特拉特福镇来,想在伦敦找工作。可是我现在的运气不好,一直没有找到安身之处。"莎士比亚很坦白地说。

"我是这里一家剧院的股东。如果你愿意的话,不妨到剧院去喂喂马匹,干些杂活,先解决吃饭的问题,怎么样?"

"那当然是再好不过了。"莎士比亚对那人越发的感激了。就这样莎士比亚进了剧院。在那里,他很努力地工作,加上有较好的文化基础,所以不久剧院就让他做剧务工作了。在工作过程中,导演发现他口齿伶俐,头脑灵活,就让他在幕后给演员提台词,当戏中的配角不够时,也让他上台跑跑龙套。渐渐的,在跑龙套的过程中,他的戏剧才能得到了展现。

莎士比亚本来就有一定的文化基础,长时间在剧院里工作的熏陶,再加上他的戏剧天分,使他不久便开始了剧本的写作。莎士比亚的作品一上演就引起了不小的轰动,其票房收入达到整个演出季节的最高峰。

莎士比亚的剧本揭露了封建势力的专制残暴。伦敦市长公开发表讲话,攻击莎士比亚所在的剧院是"叛逆者和其他一切狡猾不法之徒为非作歹的场所",要求首相下令禁止他们的一切戏剧活动。1596 年 7 月 22 日,枢密院以女王伊丽莎白的名义关闭了伦敦所有的剧院。伦敦最大的剧院因上演莎士比亚的戏剧被政府派人捣毁了。可是莎士比亚并不惧怕高压,公开出版了剧本《理查二世》。

伊丽莎白女王在 1596 年 11 月 29 日下达了逮捕莎士比亚的命令。他的导师、朋友、同行被捕的被捕,被杀的被杀,有的被处以火刑,有的被砍断右手⋯⋯莎士比亚非但没有退缩,反而更加刻苦勤奋地写作。《亨利五世》、《威尼斯商人》、《罗密欧与朱丽叶》相继上演,莎士比亚的声望越来越高。他剧本中的那些妙语警句几乎折服

了所有的观众。

1600 年,莎士比亚接连写了《哈姆雷特》、《奥赛罗》、《李尔王》和《麦克白》这四大悲剧。

莎士比亚一生创作 37 部剧本、两首长诗和 154 首十四行诗。他的戏剧内容丰富,情节生动,语言优美,具有独特的艺术风格,对后世戏剧影响很大,被西方公认为近代戏剧的开山鼻祖、"时代的灵魂"。他的戏剧"不属于一个时代而属于所有的世纪"。

智慧悟语

颠沛流离的低层生活没有成为莎士比亚的绊脚石,反而为他日后的创作提供了深刻的生活素材。黑暗中化阻力为动力,不放过任何可以学习、成长的机会,在不可能中创造发展,莎士比亚为我们树立了一个学习的榜样。

只要能学习

只要能读书,能上学,再苦再累都值得。

1979 年获诺贝尔奖的英国化学家布朗,从小父亲就很支持他读

书,尽管家里并不宽裕,父亲还是把小布朗送到了一所较好的学校去读书。学校里富人多穷人少,而富人的孩子欺负穷人的孩子也就成了家常便饭。布朗在班里是学习最好的学生,也是最穷的学生。由于他的勤奋和聪明,很得老师的喜欢,那些富家子弟开始对布朗不满起来,总想找机会教训他。

在一次数学课上,老师在黑板上写出了一道题让同学来做,调皮的约翰又在下面捣蛋,老师点名批评了他,并说:"要是你能像布朗那样听话爱学习,你的成绩就不会那样糟糕了!"说完让他上讲台做题,不爱学习的约翰当然做不出来了,被罚站在一边。接着老师又让布朗来做,结果布朗走到黑板前,很快就做完了,而且结果完全正确,老师又一次夸奖了布朗。老师没想到这件事给布朗带来了灾难。

那天放学后,布朗走出校门,正要拐弯,却见约翰和几个小孩拦在了自己前面,他们几个不由分说就把布朗按在地上,对他一阵拳打脚踢,打得布朗躺在地上动弹不得。

约翰对布朗说:"谁叫你那么逞能呀,下次再敢逞能打扁你!"当布朗身上青一块紫一块、一瘸一拐地回到家时,父母都吓坏了,他们问明白情况后非常难过,妈妈甚至抱着布朗说:"以后不要上学去了。"布朗听了连忙说:"不,我要上学,我要读书。"

"可是他们还是会欺负你的!"

布朗听到这里低下了头,过了一会儿他抬起头来,眼睛里含着两颗大大的泪珠说:"爸爸,帮我转学吧!"

于是,父亲只得把布朗转到离家很近的一所黑人贫民学校。可是这所学校的条件很差。教室昏暗,环境脏乱,傲慢的白人老师不肯按时来上课。但这一切都不能阻止布朗求学的决心,他学习非常勤奋。

布朗回到家里还要自学，家里舍不得晚上开灯，他就到光线很暗的路灯下学习。久而久之，大家都知道有一个13岁左右的小孩子风雨无阻地每天晚上在路灯下看书，雨雪的时候撑把伞，寒冷的时候加件衣服。

一次父亲很心疼地问他："布朗，你觉得自己辛苦吗？"布朗摇摇头说："只要能读书，能上学，再苦再累都值得。"听他这样说，爸爸的眼睛一下子湿润了。

后来，布朗看了一本《普通化学》，迷上了神秘奇妙的化学。他选择了"定性分析化学"和"定量分析化学"两门课，不久他就考上了芝加哥大学并获得了奖学金，而且以插班生的身份直接进入三年级学习，毕业后留校担任化学老师，开始了他的研究生涯。最终他凭借自己的好学和努力获得了诺贝尔化学奖，取得了人生的辉煌。

智慧悟语

出身贫寒却又极其热爱知识的布朗为了学习，可谓是克服了种种常人难以忍受的困难。他一心只想着学习，如痴如醉地沉迷其中，除此之外的一切似乎已经无关痛痒。纵使有重重困难，只要你有一颗积极进取的心，你终究会取得成功。

隔篱偷学

大雪纷飞时，他披着蓑衣站在篱笆外听课。

贾逵是东汉时期著名的学者。他幼时丧父，母亲又体弱多病，时常需要人照料，因此生活非常艰辛。贾逵的姐姐一个人挑起了家庭的重担，她精心照料母亲，关爱弟弟，家中虽然清贫，但时常充满着欢声笑语。

贾逵从小就十分聪明、勤奋，他爱刨根问底，爱思考，不达目的绝不罢休。

那时候，在贾逵家的附近有一个学堂，学堂里传出的琅琅读书声深深吸引着贾逵。他看见其他孩子都去上学，非常羡慕，便央求母亲也让他上学堂读书。躺在病床上的母亲心里十分难过，对贾逵说："孩子啊，咱们家太穷了，没有钱给你交学费，家里的钱都为我治病了，实在是没有办法啊！"说完，母亲便伤心地流下了眼泪。

贾逵的姐姐看到这个情景，便走过来，安慰了母亲一番，然后拉着贾逵走了出来，对他说："弟弟，母亲身体不好，别让她再操心了，我带你去学堂看一看吧。"

姐姐领着贾逵来到学堂外，学堂里又传来了琅琅的读书声。贾逵一听到读书声，便忘却了刚才的烦恼，忙跑了过去。

可是,贾逵只能隔着学堂外面的篱笆往里张望,他踮起脚,伸长脖子,可还是无法看到学堂内的情景。

姐姐见状,赶紧跑过来,抱起了贾逵。这下,他看见了老师在讲课,学生们正摇头晃脑地跟着老师读书。贾逵高兴极了,也跟着读起来。老师让学生写字,贾逵便用小手在空中比划着学写字。

此后,贾逵天天到学堂外听老师讲课。他个子太小,看不见学堂里的情景,便搬来一块大石头,放在篱笆边上,然后站在大石头上,透过学堂的窗户听课。

有时候,天下大雨或漫天风雪,姐姐便劝贾逵不要出门。可贾逵有很强的求知欲,一天都不肯中断学习。大雪纷飞时,他披着蓑衣站在篱笆外听课。

几年来,贾逵风雨无阻,从来没有中断过。他一回到家中,便把听的内容记录下来。一有时间,就拿着木棍在地上练习写字。贾逵就在如此艰苦的条件下,勤奋刻苦地学习着。

后来,贾逵终于成为著名的大学者,他的学说被世人称为"贾学"。

智慧悟语

为了获取知识,小小的贾逵在极其恶劣的环境下勤奋地学习,并成长为著名的大学者。这说明,其实一个人能够学到知识与否,和环境没有直接的关系,关键在于两个词:勤奋、坚持。

奴仆的杰作

他提起画笔，一会儿就进入了忘我的境界：时而添上一笔，时而点缀色彩，然后再配上柔和的色调。

穆律罗是17世纪西班牙著名的画家，他出生于贵族，身份高贵，在当时是个赫赫有名的人物。有一段时间，他和他的学生总不时地发现画布上常有一些未完成的素描。它们线条优美、轮廓清晰，笔触极具天赋。每当穆律罗挨个询问学生素描是否为他们所画时，得到的都是遗憾的摇头。"是哪位神秘的造访者大驾光临呢？而他为何总是在深夜里留下丹青呢？"在很久一段时间里，这一直是穆律罗心中的一个谜。

又一天早晨，穆律罗的学生像往常一样陆续来到画室时，又一次发现了一幅未完成的美轮美奂的画。他们一个个聚集在画架前，不由得发出惊讶的赞美声。画布上呈现着圣母玛丽亚的头部画像，不但画面相当协调，许多笔调更是独创。这更令穆律罗震惊不已。他觉得这作画者极具潜质，将来一定能成为大师。当时，他的学生中没有一个承认自己是作画者。

其实作画者就是穆律罗身边颤抖不已的塞伯斯蒂，他是穆律罗众多奴仆中一位年轻的奴仆。塞伯斯蒂对画画有一种与生俱来的喜

好,每当穆律罗给学生上课时,塞伯斯蒂就在一旁聆听。每当夜深人静,别人酣然入睡之际,他总是忍不住偷偷地画上几笔。每到天明之时,害怕被主人发现的塞伯斯蒂准备将前夜的作品涂掉,可每当笔即将落在画上时却不忍心下手了。塞伯斯蒂心中总是有一个声音在呼喊道:"不!我不能,绝不能!"于是,未完成的画就留了下来。

在那个等级森严的年代里,奴仆是不配作画的,如果被发现,不但会受到严惩,还有可能被处死。虽然塞伯斯蒂很想得到穆律罗的指导,可他不敢说出口。

一天晚上,塞伯斯蒂有一种莫名的兴奋,他在画架前铺好床后,却怎么也睡不着。凌晨3点,塞伯斯蒂忽地从床铺上蹦了起来,自言自语道:"这三个小时是我的,让我把它画完吧!"

他提起画笔,一会儿就进入了忘我的境界:时而添上一笔,时而点缀色彩,然后再配上柔和的色调。四个小时不知不觉悄然而逝,晨光从窗户中透过来,而蜡烛的火苗却仍在不停地跳动着。此时,穆律罗已经站在他身后多时了,但他并没有惊动塞伯斯蒂,而是静静地望着他笔下优美的线条出神。当塞伯斯蒂画完最后一笔时,才猛然发现主人已在他身后。

此事后来成了人们津津乐道的话题,他们纷纷猜测如此"大逆不道"的奴仆会受到何种惩罚。然而,让人们大跌眼镜的是:穆律罗不但免去了塞伯斯蒂的奴仆身份,给了他自由,还将他收为弟子。穆律罗说:"我是幸运的,竟然造就出了一位了不起的画家,塞伯斯蒂将会是我最大的骄傲!"

后来在穆律罗的精心指导下,塞伯斯蒂也成了名垂青史的大画家。如今,在意大利的收藏馆珍藏的名画中,有许多就是穆律罗和塞伯斯蒂的作品,它们都一样价值连城。

智慧悟语

　　对艺术的渴求让一个奴仆甘愿冒着被处死的危险,经过不懈的努力,最终成为一代巨匠。这是一个热爱学习产生的奇迹,在知识面前,富商和奴仆在天平上是平等的,不问出身,只问是否在天分的基础上付出 99% 的汗水。

第**3**辑
生命不息,学习不止

小学毕业,不是意味着你掌握了小学的知识,而是意味着你还有中学的知识没有掌握;中学毕业,不只意味你完成了中学的学习,还意味着你准备学习大学的知识;大学也不是学习的终结,你还有工作的知识需要掌握。

鲁迅临终前还在看书,冰心九十多岁还在学习。学海无涯,学习应该是一辈子的事。

童 第 周

小小的檐水只要常年坚持不懈,能把坚硬的石头敲穿。学知识也要靠一点一滴积累,坚持不懈才能获得成功。

生物学家童第周小时候的好奇心十分强,看到不懂的问题往往要向父亲问个为什么。父亲每次都不厌其烦地耐心给他讲解。

一天,童第周看到屋檐下的石阶上整整齐齐地排列着一行小坑坑,他觉得十分奇怪,琢磨半天弄不明白是怎么回事,便去问父亲:"父亲,那屋檐下石板上的小坑是谁敲出来的?是做什么用的呀?"父亲看到儿子这么好奇,高兴地说:"这不是人凿的,这是檐头水滴下来敲的。"小童第周更奇怪了,水还能把坚硬的石头敲出坑?父亲耐心地解释说:"一滴水当然敲不出坑,但是天长日久,点点滴滴不断地敲,不但能敲出坑,还能敲出一个洞呢!古人不是常说'水滴石穿'吗!就是这个道理。"父亲的一席话,在小童第周的心里激起了一阵阵涟漪,他坐在屋檐下的石阶上,望着父亲,似懂非懂地点了点头。

由于农活比较多,童第周对学习有些失去兴趣,不想读书了。父亲耐心地开导童第周说:"你还记得'水滴石穿'的故事吗?小小的檐水只要常年坚持不懈,能把坚硬的石头敲穿。难道一个人的恒心不如檐水吗?学知识也要靠一点一滴积累,坚持不懈才能获得成功。"

为了更好地鼓励童第周，父亲书写了'水滴石穿'四个大字赠给他，并充满期望地说："你要把它作为你的座右铭。"从此，童弟周发奋图强，终于学有所成。

智慧悟语

学好知识是要通过长期坚持不懈的努力，一点一滴积累的，我们学习就应该有"水滴石穿"的精神。

岳飞学箭

以后，不要自以为是，就是有再大的本事，也要谦虚。

岳飞年轻的时候跟师傅学射箭。有一天，岳飞对师傅说："师傅，我练习射箭已经达到超凡的境界了，就算是李广再生，他也未必比得上我了！"

师傅听了微微一笑，说道："岳飞，你射得准吗？"

岳飞得意地说："我射得当然准了！百步穿杨轻而易举，就是天上飞行着的鸟儿，你让我射它的右眼，我绝不会射到它的左眼！"

这时，天空正好有一只鸟飞过来。师傅便对岳飞说："你就射天

上那只鸟的右眼吧！"

岳飞取箭上弦，举向天空，他还没有将弦上的箭射出去，就放下了，说："师傅，那只鸟的右眼没有朝着我，我无法射右眼！"

师傅说："以后，不要自以为是，就是有再大的本事，也要谦虚。"

岳飞点了点头。

师傅又说："你的臂力强吗？"

岳飞说："当然强了！我能够将八石（dàn，容量单位）的弓拉满！我手上的这张弓就是八石的！"

师傅说："那你就把箭射出去，越远越好！"

岳飞于是将弓拉得满满的，然后将箭射了出去。

师傅看了微微一笑，拿起身旁五石的弓，也射了一箭，居然比岳飞射得还要远得多。

岳飞见了无比吃惊，说："师傅，怎么会这样？你用五石的弓比我用八石的弓射得还要远，而且你还没有将弓拉满？"

师傅笑着说："真正的强弓，不是强度大的弓。强弓是需要一定的弹性的，因此，就要有虚有满。总是拉紧的弦，是不可能射出强有力的箭的！这是我教你学箭的最后一招。"

岳飞牢记师傅的教诲，勤学苦练，没多久就成了射箭高手，比师傅还厉害。

凤　凰

智慧悟语

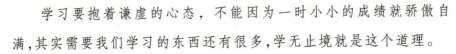

学习要抱着谦虚的心态，不能因为一时小小的成绩就骄傲自满，其实需要我们学习的东西还有很多，学无止境就是这个道理。

才气就是坚持不懈

> 我们能像"天才"们那样去磨砺自己，我们也可以成为"天才"。

莫泊桑是法国批判现实主义作家。一生写了近 300 篇短篇小说和 6 部长篇小说，形象而深刻地揭露了资产阶级虚伪、自私的反动本质。

莫泊桑 13 岁那年，考入了里昂中学。他的老师布耶，是当时著名的巴那斯派诗人。布耶发现莫泊桑颇有文学才能，就把他介绍给福楼拜。

福楼拜是世界闻名的作家，当时在法国享有崇高的声誉。他看了看莫泊桑的作品，冷冷地说："孩子，我不知道你有没有才气。在你带给我的东西里表明你有某些聪明，但是，你永远不要忘记，照布封（法国作家）的说法，才气就是坚持不懈，你得好好努力呀！"

莫泊桑点点头，把福楼拜的话牢牢地记在心里。

福楼拜想考一考莫泊桑的观察能力和语言功底。一天，福楼拜带莫泊桑去看一家杂货铺，回来后要莫泊桑写一篇文章，要求所写的货商必须是杂货铺的那个货商，所写的货物只能用一个名词来称呼，只能用一个动词来表达，只能用一个形容词来描绘，并且所用的词，应是别人没有用过甚至是还没有被人发现的。

多苛刻的要求啊！但莫泊桑理解福楼拜的良苦用心，他写了改，

改了写，反反复复，努力朝福楼拜提出的要求奋斗着。

在福楼拜的严格要求下，莫泊桑的学业进步飞快。后来，他开始写剧本和小说，写完就请福楼拜指点。福楼拜总是指出一大堆缺点。莫泊桑修改后要寄出发表，但是福楼拜总是不同意，并且告诉他，不成熟的作品，不要在刊物上发表。

刚开始，莫泊桑唯命是从，福楼拜不点头，他就把文稿扔在柜子里。慢慢地，文稿竟堆起来有一人多高，莫泊桑开始怀疑：福楼拜是不是在有意压制自己。

一天，莫泊桑闷闷不乐，到果园去散心。他走到一棵小苹果树跟前，只见树上结满了果子，嫩嫩的枝条被压得贴着了地面，再看看两旁的大苹果树，树上虽然也果实累累，但枝条却硬朗朗地支撑着。这给了他一个启示：一个人，在"枝干"未硬朗之前，不宜过早地让他"开花结果"，"根深叶茂"后，是不愁结不出丰硕的"果实"来的。从此，他更加虚心地向福楼拜学习，决心使自己"根深叶茂"起来。

1880 年，莫泊桑已经到"而立"之年了。一天，他拿着小说《羊脂球》向福楼拜请教。福楼拜看后拍案叫绝，要他立即寄给刊物发表。果然，《羊脂球》一面世，立即轰动了法国文坛，莫泊桑顿时成为法国文学界的新闻人物，同时，他也登上了世界文坛。

智慧悟语

从来就没有真正意义上的天才，铺垫"天才"们那些非凡能力和杰出成就的，是不为我们所知的辛勤汗水和百折不挠的毅力。只要我们能像"天才"们那样去磨砺自己，我们也可以成为"天才"。

10年记载"No"的日记

> 每一天的日记除了写上日期之外，都是写着同样一个词"No"。从1822年一直到1831年，整整10年，每篇日记都是如此。

著名的电磁感应原理是法拉第的一项重要成果，这项成果的取得凝聚了法拉第10年的心血。

在伦敦的一家科学档案馆里，陈列着法拉第写了10年的一本日记。日记里记的就是他10年来实验的经历，这是一本非常奇特的日记：

第一页上写着："对！必须转磁为电。"

以后，每一天的日记除了写上日期之外，都是写着同样一个词"No"。从1822年一直到1831年，整整10年，每篇日记都是如此。

只是在这本日记的最后一页，才改写上了一个新词"Yes"。

这是怎么回事？

原来，1820年丹麦物理学家奥斯特发现：金属线通电后可以使附近的磁针转动。这引起法拉第的深思：既然电流能产生磁，那么磁能否产生电流呢？法拉第决心研究磁能否生电的课题，并用实验来回答。

10年过去了，经过"实验—失败—再实验"法拉第终于成功了。他在历史上第一次用实验证实了磁也可以生电，这就是著名的电磁感应原理。这个著名的原理，导致了发电机的诞生。

法拉第在这本写了长达 10 年的日记中，真实地记录了他不断失败和最后获得成功的过程。那一天一天所写的"No"，就是一次一次的失败；那最后一天所写的"Yes"，就是实验的最终成功。

智慧悟语

学习不是一天两天的事情，特别是对新事物（新的发现、发明）认识的形成，是建立在长期的知识积累的基础之上的。在这个过程中，我们必须一步一步地求证，因为真理正是纠正了无数的错误之后才产生的。

艺术没有止境

勤恳、不骄不躁地学习，才能获得更大的进步。

战国时候，秦国有一位著名的歌唱家，他的名字叫秦青。他不仅有很高的演唱水平，还热心培养青年人。在他所教的学生中，有个叫薛谭的年轻人，他音乐素质高，学习进步也快，秦青常常表扬他，还让其他同学向他学习，大家都很佩服他的才能。

渐渐地，薛谭以为自己把老师的本领都学会了，开始骄傲起来，

并且认为跟着老师也没有什么好学的了。于是,他就编造理由,要求离开秦青回家。开始,秦青有点儿吃惊,可是他仔细想了想,明白了薛谭离开的原因。于是,他对薛谭说:"好吧,老师答应你,什么时候走,请一定跟老师说一声,我要亲自为你送行。"

到了薛谭回家的那一天,秦青亲自送他出城,并在郊外的大路旁为他举行了一场告别的演出。只见秦青席地而坐,打着节拍,唱起一曲悲伤的送行歌,表示对薛谭辞学回家的惋惜。他的歌声,发自肺腑,使在场的所有弟子们感动得泪落连珠;那歌声,传遍原野,使林木振动得发出沙沙声响;那歌声,直上云霄,连天空中飘动的云朵似乎也在驻足而听。

薛谭听着老师的歌声,看着眼前的情景,不由得想起了老师曾经给他们讲过的韩娥的故事:"过去韩国有个叫娥的人,到东边的齐国去,路上没有了饭吃,经过齐国的雍门时,在那里卖唱乞讨食物。后来,她离开了雍门,但是她唱歌的余音还绕着那雍门的中梁,三天三夜也不消失,当地的人还以为她没有走呢。后来她住客栈时,客栈的人侮辱她。娥因此放声哀哭,整个街上的男女老幼都为此而悲伤愁苦,面对面流泪,三天都茶饭不思。街上的人赶紧去把她追回来。娥回来后,又放声歌唱,于是整个街上的男女老幼欢喜跳跃拍手舞蹈,不能克制自己,完全忘了刚才的悲伤情绪。街上的人于是给了她很多钱财,恋恋不舍地把她送走。所以雍门那里的人,至今还善于唱歌表演,那是效仿娥留下的歌唱技艺啊。"原来,薛谭并不相信天下会有这么高超的演唱艺术,如今听了老师的演唱,才明白了自己学艺不精和老师的良苦用心。想到这里,薛谭恭恭敬敬地对秦青说:"老师,你唱得太好了,值得我学习的地方太多了,我不能走,我要跟老师学习一辈子。请老师原谅我。"

从此,薛谭安下心来,勤奋学习,再也不提回家的事了。他终于成了一名优秀的歌手。

智慧悟语

人生是一个不断自我充实的学习过程。在这个过程中,停下就是退步,而学习是以虚心求教为前提的。只有勤恳、不骄不躁地不断学习,才能获得更大的进步。

好学不倦的富兰克林

学习的道路中有许许多多的十字路口,走不同的方向,就会有不同的结局。只有好学不倦才能让你选择出正确的方向。

富兰克林是美国18世纪的大科学家和政治家。他的父亲原来是英国人,为逃避教会当局的迫害,全家远渡重洋逃到了美国。

1706年富兰克林出生在美国波士顿,家境不是很富裕。富兰克林从小喜欢读书学习。他8岁的时候,进了一所公立小学。他的所有成绩都是优秀,因此父亲曾打算把他培养成牧师。但是,十分可惜的是,因为交不起学费,富兰克林只上了两年学,10岁的时候就终止

了读书。

12岁的时候,富兰克林被送到哥哥詹姆斯经营的印刷所当学徒工。詹姆斯性情暴躁,什么脏活儿、累活儿都叫富兰克林干。富兰克林都忍了。印刷所里有很多的书,富兰克林就利用这里特殊的条件,每天晚上读书到深夜。他对知识如饥似渴,因此他读了很多书,自学到了许多基础知识,然后便开始学习写散文和诗歌。

在富兰克林15岁的时候,哥哥詹姆斯办了一份报纸,叫他学习检字,还叫他送报、卖报。刻苦的富兰克林这时已经能写很好的文章了。他很想试一试,把写的文章在哥哥的报纸上发表。他就把这想法告诉了哥哥:"哥哥,能不能把我写的文章在你的报纸上发表?"

哥哥回答说:"你不要瞎胡闹,写文章哪有那么容易呢?你还是老老实实地学习印刷技术吧,多练习检字技术,有了一技之长,就会一辈子有饭吃。"

尽管哥哥反对,但是他并不死心。于是他偷偷地写了一篇文章,落款用"莫名"的笔名。当夜深人静的时候,他悄悄地跑到印刷所的大门口,把封好的、写有收件人詹姆斯名字的口袋放到那里。第二天,詹姆斯还以为是哪位知名人士寄来的呢,仔细阅读了以后,对寄来的文章大加赞赏,马上就在报上发表了。文章见报后反应很好,使富兰克林大受鼓舞,大大激发了他的创作热情。富兰克林在一年之中写了很多的文章,一律用"莫名"这个笔名,并且利用送到印刷厂交给哥哥这种投稿办法,都在詹姆斯办的报上发表了。

一年多的时间里,"莫名"的文章在报纸上发表得多了,名声也就大了。詹姆斯决定要见见这位仰慕已久、名声大振的"莫名"先生。那么,怎样才能找到这位"名家"呢?他寄来的文章没有写地址,那就只有一个办法,就是晚上在印刷所的大门口等候他。于是詹姆斯真

的每天晚上去等。他等了好几个晚上,等到的原来是自己的弟弟。他埋怨富兰克林没有向他说明真相。富兰克林告诉詹姆斯:"你如果知道那些文章都是我写的,肯定是不会采用的。"听了此话哥哥也就无话可说了。

在富兰克林 17 岁那年,詹姆斯的印刷所倒闭了。此后富兰克林没有了工作,他的生活又非常困难了。

后来,富兰克林到了伦敦,当了印刷工人来维持生活。他的生活是动荡不安的,但是,他并没有放弃学习。后来,他又辗转回到了美国,创办了《宾夕法尼亚新闻报》,他担任主编,写一些读者喜闻乐见的文章,深受广大读者的欢迎。他的报纸获得了很大的成功。后来,他又创办了一所图书馆,并创立了美国哲学会。

富兰克林在生活中发现用于取暖的火炉不理想。特别是荷兰式的火炉,不装烟囱,使用起来烟雾弥漫;另一种德国式的火炉过于简单,简单得就像个大铁箱子,煤灰混杂。两种火炉用起来都让人感到不舒服,应该好好地改进。于是他开动脑筋,经过反复改进,终于制成一种特别的新式火炉,简单、美观、实用。这个火炉比荷兰式和德国式都先进,受到了美国人的欢迎,并起名为"富兰克林火炉"。它结构合理,价格便宜,使用方便,因此从美洲传到了欧洲。火炉的发明引起极大轰动,也把富兰克林引上了科学发明的道路。

富兰克林不但是杰出的科学家,又是著名的政治家和作家。他在美国摆脱殖民统治和争取自由解放运动中,始终站在一线,参加了起草《独立宣言》和第一部宪法。

1790 年 4 月 17 日,富兰克林与世长辞。美国人民怀着深切悼念的情感致哀一个月。富兰克林在自撰的墓志铭中以"印刷工"自称。他是一位伟大而又平凡的人。

智慧悟语

好学不倦是每一个怀有远大理想的人所渴望具备的品质。好学不倦不仅能使人读书明理、胸襟开阔、处事从容，还能让人心地善良、不计较个人得失。学习的道路中有许许多多的十字路口，走不同的方向，就会有不同的结局。只有好学不倦，才能让你选择出正确的方向。

最后一次考试

虽然你们是大学毕业生，但是你们的教育才刚刚开始。

这是美国东部一所规模很大的大学毕业考试的最后一天。在一座教学楼前的阶梯上，有一群机械系的大四学生挤在一起，正在讨论几分钟后就要开始的考试。他们的脸上显示出很有信心，这是最后一场考试，接着就是毕业典礼和找工作了。

有几个说他们已经找到工作了，其他的人则在讨论他们想得到的工作。怀着对四年大学教育的肯定，他们觉得心理上早有准备，能够征服外面的世界。

即将进行的考试，他们知道只是很轻易的事情。教授说他们可以带需要的教科书、参考书和笔记，只要求考试时他们不能彼此交头接耳。

他们喜气洋洋地鱼贯走进教室。教授把考卷发下去，学生都眉开眼笑，因为学生们注意到只有五个论述题。

三个小时过去了，教授开始收集考卷。学生们似乎不再有信心，他们脸上有可怕的表情，没有一个说话，教授手里拿着考卷，面对着全班同学。教授端详着面前学生们担忧的脸，问道："有几个人把五个问题全答完了？"

没有人举手。

"有几个答完了四个？"

仍旧没有人举手。

"三个？两个？"

学生们在座位上不安起来。

"那么一个呢？一定有人做完了一个吧？"

全班学生仍保持沉默。

教授放下手中的考卷说："这正是我预期的。我只是要加深你们的印象，即使你们已完成了四年的工程教育，但仍旧有许多关于工程的问题你们不知道。这些你们不能回答的问题，在日常操作中是非常普遍的。"

教授带着微笑接着说下去："这个科目你们都会及格，但要记住，虽然你们是大学毕业生，但是你们的教育才刚刚开始。"

时间消逝，这位教授的名字已经模糊，但他的训诫却不会模糊。

智慧悟语

考试拿到 100 分虽然值得高兴，但还是不能满足，那只能证明你的学识在这个水平的测试是满分。可是生活中有更多你不懂的东西，需要你去虚心求学，拓宽视野，突破自己。

获得知识的绝妙之法

> 勤学似春起之苗，不见其增，日有所长。辍学如磨刀之石，不见其损，日有所亏。

晋代的大文学家陶渊明隐居田园后，某一天，有一个读书的少年前来拜访他，向他请教求知之道，看看能否从陶渊明这里讨得获得知识的绝妙之法。

见到陶渊明，那少年说："老先生，晚辈十分仰慕您老的学识与才华，不知您老在年轻时读书有无妙法？若有，敬请授予晚辈，晚辈定将终生感激！"

陶渊明听后，捋须而笑道："天底下哪有什么学习的妙法？只有笨法，全凭刻苦用功、持之以恒，勤学则进，怠之则退。"

少年似乎没听明白，陶渊明便拉着少年的手来到田边，指着一

棵稻秧说:"你好好地看,认真地看,看它是不是在长高?"

少年很是听话,怎么看,也没见稻秧长高,便起身对陶渊明说:"晚辈没看见它长高。"

陶渊明道:"它不能长高,为何能从一棵秧苗,长到现在这等高度呢?其实,它每时每刻都在长,只是我们的肉眼无法看到罢了。读书求知以及知识的积累,便是和稻秧的长高是同一道理!天天勤于苦读,也无法发现今天超出昨天的知识要多,但天长日久,丰富的知识就装在自己的大脑里了。"

说完这番话,陶渊明又指着河边一块大磨石问少年:"那块磨石为什么会有像马鞍一样的凹面呢?"

少年回答:"那是磨镰刀磨的。"

陶渊明又问:"具体是哪一天磨的呢?"

少年无言以对,陶渊明说:"村里人天天都在上面磨刀、磨镰,日积月累,年复一年,才成为这个样子,不可能是一天之功啊。正所谓冰冻三尺,非一日之寒!学习求知也是这样,若不持之以恒地求知,每天都会有所亏欠的!"

少年恍然大悟,陶渊明见孺子可教,又兴致极高地送了少年两句话:"勤学似春起之苗,不见其增,日有所长;辍学如磨刀之石,不见其损,日有所亏。"

智慧悟语

再有营养的一顿大餐,也不能让一个瘦弱的人立竿见影地变成大胖子,因为食物需要通过消化和吸收,才能转化为身体所需要的

营养。而且营养只有通过日复一日的积累，它的作用才能逐渐发挥出来，学习也是同样的道理。

活的"百科全书"

要知道，知识不是天生而来的，也没有速成的方法。

恩格斯以渊博的知识举世闻名。他同马克思一起创立了马克思主义哲学、政治经济学、科学社会主义的理论，同时，对文学、史学、军事、语言学和自然科学等诸多学科，都有深刻的研究和精湛的见解。马克思称他是活的"百科全书"。

恩格斯并没有上过大学，他的这些渊博的知识，主要是靠勤奋自学得来的。为了追求真理，恩格斯在青年时代就刻苦学习。他在当学徒时就利用业余时间读报纸、杂志、各种哲学和文学书籍，并写了批判宗教迷信、反对贵族统治的文章。21 岁时，他就公开批判当时在德国很有名望的哲学家谢林的唯心主义。为了确立辩证唯物主义的自然观，他从 1873 年开始，连续 8 年，系统地研究数学和自然科学。为了深入钻研物理学、化学，他在 45 岁时还在马克思的辅导下，开始学习微积分。他的这些学习成果为进一步证实和发展唯物辩证法作出了巨大贡献。

特别值得一提的是，恩格斯对语言的学习也是下了很大的工夫的。巴黎公社的一个流亡者说："恩格斯能结结巴巴讲 20 种语言。"

事实上,恩格斯能用 12 种语言说话和写作,能阅读 20 种文字。他利用这些语言知识,及时了解各国工人的运动情况,研究各种理论问题,对国际政治作出正确判断。同时,把马克思和自己的著作译成各种文字,这对传播共产主义学说,起了不可估量的作用。

恩格斯顽强自学的精神,数十年如一日,持之以恒。他在 47 岁时,还订了十来个国家的二十多种报刊,密切地注视着欧美各国的工人运动,同时又开始学习三种语言。他终身都在为无产阶级事业而勤奋刻苦地学习。

智慧悟语

在羡慕别人渊博的学识时我们是否问过自己:我努力了吗? 要知道知识不是天生而来,也没有速成的方法。为自己定一个远大的目标,扎扎实实地汲取知识,不断地充实自己,才是根本之道。

保持生活和学习的热情

时刻保持生活上的热情,才能对充实自己、不断学习感兴趣。

当齐格在纽约市戴尔·卡耐基学院做教员的时候,遇到一个十

分杰出的推销员。他名叫埃德·格林，那时已六十多岁了。他的年收入大约为7.5万美元。

一天晚上下课后，齐格要和格林谈谈，并且很直率地问他，为什么要选这门课，因为教课的3个老师的薪水加起来也不比格林的多。

格林笑着回答说："齐格，让我先给你讲个小故事：当我还是一个小男孩的时候，有一次我的爸爸带我参观了我们家的菜园。爸爸可以说是当时那个地区最好的园丁，他在园子里辛勤耕作，热爱它，并且以自己的成果为荣。当我们参观完之后，爸爸问我从中学到了什么？"

埃德继续笑着说："而我当时只能看出来爸爸显然在这个园子里很下了一番工夫。对这个回答爸爸有些沉不住气了，他对我说：'儿子，我希望你能够观察到当这些蔬菜还绿着时，它们还在生长；而一旦它们成熟了，就会开始腐烂。'"

埃德讲完这个故事后，说："你知道，我一直没有忘记这件事，我来上这门课是因为我认为自己能从中学到些什么。坦白地说，我确实从其中一节课中学会了一些东西，那使我完成了一笔生意并得到了上万美元，而我曾花了两年多的时间试图做成它。我所得到的这笔钱能够付清我这一生接受促销培训的所有花费。"

智慧悟语

只有对一样事物投入足够的热情，才能做得更好。如果说学习是一辆车，那么热情就是汽油，缺了汽油的车怎么能发动呢？时刻保持生活上的热情，才能对充实自己、不断学习感兴趣。

该学的东西太多了

如今回想起来,他才明白父亲给他的是一种多么生动有力的教育。

费利斯的父亲出身贫苦农家,只读到五年级,家里就要他退学到工厂做工去了。

从此,社会便成了他的学校。他对什么都有兴趣,他阅读一切能够得到的书籍、杂志和报纸。他爱听镇上乡亲们的谈话,以了解人们世世代代居住的这个偏僻小村以外的世界。父亲很好学。他对外面世界的好奇心,不但随同他远渡重洋来到美国,后来还传给了他的家人。他决心要让他的每一个孩子都受到良好的教育。

费利斯的父亲认为,最不可宽恕的是我们晚上上床时还像早上醒来时一样无知。他常说:"该学的东西太多了。虽然我们出世时愚昧无知,但只有蠢人才永远如此。"

为了防止孩子们坠入自满的陷阱,费利斯的父亲要孩子们每天必须学一样新的东西,而晚餐时间似乎是他们交换新知识的最佳场合。

他们每人有一项"新知"。之后,便可以去吃饭了。

适时,费利斯的父亲的目光会停在他们当中一人身上。"费利斯,告诉我你今天学到些什么。"

"我今天学到的是尼泊尔的人口……"

餐桌上顿时鸦雀无声。

费利斯一向都觉得奇怪,不论他所说的是什么东西,父亲都不会认为琐碎。

"尼泊尔的人口？嗯,好。"

接着,他父亲看看坐在桌子的另一端的母亲。

"孩子他妈,这个答案你知道吗？"

母亲的回答总是会使严肃的气氛变得轻松起来。"尼泊尔？"她说,"我非但不知道尼泊尔的人口有多少,我连它在世界上什么地方也不知道呢！"当然,这种回答正中父亲下怀。

"费利斯,"父亲又说,"把地图拿来,我们来告诉你妈妈尼泊尔在哪里。"于是,全家人开始在地图上找尼泊尔。

费利斯当时只是孩子,一点儿也觉察不出这种教育的妙处。他只是迫不及待地想走出屋外,去跟小朋友一起玩游戏。

如今回想起来,他才明白父亲给他的是一种多么生动有力的教育。在不知不觉之中,他们全家人共同学习一同长进。

费利斯进大学后不久,便决定以教学为终身事业。在求学时期,他曾追随几位全国最著名的教育家学习。最后,他完成大学教育,具备了丰富的理论与技能,但令他感到非常有趣的,是发现那些教授教导他的,正是父亲早就知道的东西——不断学习的价值。

智慧悟语

知识,是一个累积的成长过程。人们常把知识比做海洋,海洋是无边无际、深不可测的,所以知识也是无穷无尽、博大精深的。我们不求能够把所有的知识都装进脑袋,只要求自己每天都有新的进步。

人生是一个不断自我充实的学习过程。在这个过程中，停下就是退步，而学习是以虚心求教为前提的。只有勤恳、不骄不躁地不断学习，才能获得更大的进步。

决不浪费每一分钟

为后世留下诸多锦绣文章的宋代文学家欧阳修认定："余平生所做文章，多在三上：马上、枕上、厕上。"也就是说，欧阳修是在利用睡觉、上厕所和骑马走路的时间来读书写作的。三国时著名学者董遇读书的方法是"三余"："冬者岁之余；夜者日之余；阴雨者晴之余。"即要充分利用寒冬、深夜和雨天，别人歇手之时发奋苦学。越是成就大的人，越是珍惜零碎的时间，因为用"分"来计算时间的人，比用"时"来计算时间的人，时间多 59 倍。

决不浪费每一分钟

追求知识的过程就是一个与时间赛跑的过程。时间是构成一个人生命的材料，只有珍惜每分每秒，才能在有限的生命中有所作为。

美国第 11 任总统波尔克的父母塞缪尔和简留给孩子们最大的印象是他们从事工作的活力以及永不停息的对事业的追求。父亲塞缪尔不但积极拓展土地规模，还将经营的范围从农业拓展到测量和零售，甚至开设了地方银行、办了报纸和一家百货商店，此外还积极参加社会活动，从县里的一名行政官做起，直到成为县议员候选人；而母亲简也同样忙得不可开交，由于住所偏远，不但要照顾孩子的衣食住行，而且还要承担起孩子们的初步教育，让他们学习读、写和演算。波尔克在接受正式教育之前的初步教育就是由他父母完成的。无论是从父亲那里还是从母亲那里，波尔克都学会了惜时如金的好品质。相反，他还从父母的身上学会了对社会以外事物的关注，跟着他们养成了秩序和责任意识。

为了使波尔克的身体摆脱繁重的、其无法胜任的种植和土地测量工作，父亲曾一度将他送到另一个商人那里学习经营，但波尔克发现自己同样不适合从事商业，就像他不适合从事种植业一样。母亲知道儿子并不是不愿意干重活儿，而是想动脑子。于是，在母亲的支持下，波尔克说服父亲把更多的钱投资在教育上。固执的塞缪尔

居然同意了，"好好学吧，我会送你上大学。"但同时他也告诫波尔克，"但你要是浪费时间，我也不会浪费钱。"波尔克先在附近的哥伦比亚镇跟着一位私人教师学习，那年他18岁。一年之后，他升入50英里以外默弗里斯博罗的一所要求更高的私立学校。

对于这一姗姗来迟的正式教育，波尔克表现的是无限的勤奋和刻苦。在学校期间，他进步很快，并取得了优异的学习成绩。但这优异的成绩不是因为他才华横溢，而是因为他比别人更珍惜时间。他把所有的时间安排得紧紧的，但为了身体的健康，他也总腾出一定的时间进行长距离的散步。期间，他认识了未来的妻子萨拉·奇尔德雷斯，这位陪伴他走过所有政治风雨并为他分担成功和失败、健康和病痛的伟大女性。

1816年，父亲塞缪尔依照自己的诺言送波尔克到北卡罗来纳大学，由于波尔克成绩优秀，被直接作为二年级的插班生进行学习。三年之后，也就是1818年，波尔克以优异的成绩毕业。大学期间，他担任过学校辩论会的主席并经常参加学会的辩论；有8篇优秀的论文被选入学校的档案馆进行永久保留，他是少数获此殊荣的学生之一。毕业时，他作为出色的学生，被选中在毕业典礼上用拉丁文发表告别演讲。

所有的这些成绩和荣誉的获得，都是由于他的勤奋和对时间的珍惜。即使在入住白宫之后，他也保持勤奋的工作态度。"他勤劳工作，实属罕见。"周围的工作人员给他这样的评价。他工作实在是卖劲，甚至从不愿花时间做工作以外的事。而他的夫人萨拉，对此也极其罕见地配合。她既是总统的秘书，每天要把最新的消息做成摘要送给总统丈夫参阅，还要一个人管理整个白宫的内务，以及总统全部的起居生活。4年的总统生涯，带给波尔克夫妇的尽是疲惫、超负荷的工作以及不健康和视力的不断损害。1849年，波尔克精疲力

竭，回到在纳什维尔新购置的宅第，母亲简发现他看上去比自己还要老。而三个半月之后，他就在田纳西州纳什维尔城的乡间别墅里永远地闭上了眼睛。

无论是波尔克总统在学校取得的优秀成绩，还是在从政治生涯中获得的成功，都归结于一点，那就是他的无人能及的珍惜时间。而他的这一态度，正是对父亲塞缪尔"你要是浪费时间，我也不会浪费钱"这一教导的真正回答。

智慧悟语

追求知识的过程就是一个与时间赛跑的过程。时间是构成一个人生命的材料，只有珍惜每分每秒，才能在有限的生命中有所作为。花有重开日，人无再少年，请珍惜似水年华，用心学习，为自己的生命积攒能量。

和时间赛跑的人

生命的旅程中，时间的脚步从不会为某一人、某一事而停留，如何正确利用、把握时间显得尤为重要。

汉弗莱读小学的时候，他的外祖母过世了。外祖母生前最疼爱

他,汉弗莱无法排除自己的忧伤,每天在学校操场上一圈又一圈地跑着,跑得累倒在地上,扑在草坪上痛哭。

那哀痛的日子,持续了很久,爸爸妈妈也不知道如何安慰他。他们知道与其骗儿子说外祖母睡着了,还不如说实话:"外祖母永远不会回来了。"

"什么是永远不会回来呢?"汉弗莱问道。

"所有时间里的事物,都永远不会回来。你的昨天过去,它就永远变成昨天,你不能再回到昨天;爸爸以前也和你一样小,现在也不能回到你这么小的童年了;有一天你会长大,你会像外祖母一样老;将来你度过了你的时间,就永远不能回来了。"爸爸说。

以后,汉弗莱每天放学回家,在家里的庭院里面看着太阳一寸一寸地沉到地平线以下,就知道一天真的过完了,虽然明天还会有新的太阳,但永远不会有今天的太阳了。

时间过得那么飞快,在汉弗莱幼小的心眼里不只是着急,还有悲伤。有一天,他放学回家,看到太阳快落山了,就下决心说:"我要比太阳更快地回家。"他狂奔回去,站在庭院前喘气的时候,看到太阳还露着半边脸,就高兴地跳跃起来,那一天他觉得自己跑赢了太阳。以后他就时常做那样的游戏,有时和太阳赛跑,有时和西北风比快,有时一个暑假才能完成的作业,他10天就做完了。那时他三年级,常常把五年级的作业拿来做。

每一次比赛胜过时间,汉弗莱就快乐得不知道怎么形容。

后来的20年里,他因此受益无穷,虽然他知道人永远跑不过时间,但是人可以比自己原来有的时间能跑快一步,如果跑得快,有时可以快好几步,那几步虽然很小很小,用途却很大很大。

智慧悟语

生命的旅程中,时间的脚步从不会为某一人、某一事而停留,如何正确利用、把握时间显得尤为重要。因为,在生命这场马拉松竞赛中,我们最终能跑多远,不是取决于一时的速度,而是取决于有多长时间的参赛资格。

努力发光

如果说机遇是可遇而不可求的,是自己无法控制的,那么,努力和积累则始终掌握在我们自己的手中。

教我们高等数学的老师其实是个哲学家。十多年前,在长江岸边,我们面临着毕业。所有的老师都祝愿我们以后事业有成,但他却在最后的一堂课上说:"最后一堂课,我们随便聊聊吧。"

那是一个下午,阳光很好,教室外的梧桐树华荫如盖,阳光从叶间抛洒下来,他指指一束阳光,问:"你们见到的阳光是现在的吗?"

我们说:"当然是现在的阳光。"

老师说:"错了,太阳是距离地球最近的恒星,它发出的光线需要走8分钟才能到达地球。我们现在所见到的阳光,是太阳8分钟

之前发出的,而不是现在。"

我们茫然,但又觉得莫名其妙。我们不知老师为什么要聊天文方面的话题。

老师却继续说,所有的恒星中,有一颗星叫天狼星,它距离我们地球10光年。而牛郎星和织女星,离我们长达27光年。而现在距离我们最远的恒星是8万光年之外。

我们所看到的天穹,都不是现在的模样。我们此刻见到的是10光年之前的天狼星,27光年前的牛郎星和织女星,8万光年之外的外星系。而现在的天狼星,我们在10年后才能知道。现在的牛郎织女星要在27年后才知道,最远的外星系,要在8万年之后才知道。

同学们,人生就像天际边的一颗恒星,我希望你们从现在开始,从此刻开始,努力地发光。10年后,20年后,我就能见到你们最亮丽的人生。

从来没有一种经历能像这堂课让人刻骨铭心。真的,人的一生要走过许多机关,有时候它的钥匙就藏在一些细如流沙的小故事中,甚至它只是一句话,一个词,一个眼神。

■ 陆勇强

智慧悟语

要想获得成功,便离不开努力与积累。如果说机遇是可遇而不可求的,是自己无法控制的,那么,努力和积累则始终掌握在我们自己的手中。努力与积累是一个长期的过程,绝不是一朝一夕的儿戏,只要生命不止,努力与积累就应当不止。

珍惜"零碎时间"

> 聚沙成塔,集腋成裘,无数零碎时间积累起来,就会从知之甚少到知之甚多,生活也会变得更充实。

苏步青,1902 年生,我国著名数学家、学者,曾任复旦大学名誉校长。苏步青年轻时学习微积分,对自己的要求非常严格。他在学习爱德华等人写的《微积分》时,全书有 1 万多道问题,他都一道一道地全部认真演算过;在学习沙尔门的《圆锥曲线论》一书时,除了极难的题目以外,其他的题目他都认真地做过,其中一道题,他用了20 种不同的方法来做,互相比较,看用哪种方法验算最简捷方便。

苏步青虽然是一位杰出的数学家,但他从小就对文学情有独钟,因而打下了很好的文学基础。他从小学时候起,就非常注意抓紧零碎的时间读书。上初中后,他写的第一篇作文交上去,老师一看,觉得他的作文的写作手法,语言句式,都很像是古代著名的《左传》的风格,于是,老师便怀疑这是不是苏步青自己写的。第二天上课的时候,老师为了证明自己的疑虑,决定要临时考考他,因此老师就随便点了《左传》上的一篇文章,要他说说写的是什么。不料,他立即一字不错地把那篇文章背给老师听。这使老师和同学们都大吃一惊。原来,他在学习之余,利用零碎时间,把一本《左传》读

得能够背下来了!

　　苏步青觉得,学数学的人,整天与数学公式打交道,大脑容易疲劳,生活比较枯燥。学习文学作品,搞点儿形象思维,对打开思路,活跃思想很有好处。基于这样的认识,苏步青养成了一个习惯,每到研究数学疲倦的时候,就拿出《唐诗选》、《陆游诗选》等翻阅诵读一阵,每当这时他就觉得心旷神怡,而后再接着写数学论文,他觉得思路就会开阔多了,写起来也顺手了。

　　正是这些"零碎时间"帮了他的忙,使他能文理兼通。除出版了多部数学专著外,还出版有诗词集《原上草集》、《青芝词稿》、《苏步青业余诗词抄》等。苏步青的晚年,事情更多了,可他还是写出了许多数学著作和其他文章。他自己说,这也是抓"零碎时间"抓出来的呀!

智慧悟语

　　日常生活中,常会有些微不足道的零碎时间,但利用起来也能干不少事情。等车的时候,可朗读或背诵;茶余饭后,可看一些有益的读物……既可陶冶情操,又可增长知识。聚沙成塔,集腋成裘,无数零碎时间积累起来,就会从知之甚少到知之甚多,生活也会变得更充实。

今日事　今日毕

尝试每天都给自己一个任务,不管是学习上的还是工作上的,都要努力去完成,让自己从此不再碌碌无为。

王充,是我国古代杰出的思想家、哲学家。他从小就特别喜爱学习,经常一个人坐在家里读书,不喜欢和小伙伴们一起出去玩耍。父亲见他一天总是这样,就奇怪地问:"充儿,你看小伙伴们在一起玩得多热闹啊!你怎么不去跟大家在一起玩呢?"

王充一边看书,一边说:"他们不是上树逮鸟,就是爬高爬低的,我不喜欢!"

"那你喜欢玩什么呢?"

"我不喜欢玩,我只喜欢看书写字!"王充用稚嫩的声音说。

王充8岁那年,父亲就送他进书馆去读书。有一回,老师给学生们讲《论语》和《尚书》这两部古书,并要求学生学完后要会背诵。后来,当老师讲完这两本书以后,才过了三天,老师就让王充背诵,结果王充一字不错地背了下来。老师听得又惊又喜,问他:"刚学完两本书,你怎么这么快就背下来了?"王充认真地说:"老师,您讲一段,我就背一段,您当天讲的书,我在当天就背会了。所以,您把这两本书讲完了,我也就把它们背下来了。""当日事,当日毕,真是个好孩

子啊！"老师抚摸着他的头，由衷地称赞着。

因为王充学习进步快，15岁的时候，他被送到当时首都洛阳的全国最高学府——太学里学习。在那里，他遇到了当时著名的历史学家班彪。班老师知识渊博，讲课时，经常旁征博引，联系许多课外知识。这引起了王充极大的学习兴趣，为了弄清老师课堂上所讲的东西，他常常把老师提到的书名记下来，并想方设法找来阅读。就这样，他把太学里的书差不多都读遍了。于是，他便开始把街上的书铺当做自己的书房，不管是隆冬严寒，还是刮风下雨，他每天都早早来到书铺，帮人家干点儿零活儿，然后自己读书。整天钻在里面，专心致志，孜孜不倦地读。有的时候，他在书铺里一站就是一整天，连吃饭、休息，全都忘了。就这样，他读完了一家书铺的书，又跑到另一家书铺去读，几乎读遍了街市上所有书铺里的书。

王充就是靠着"今日事，今日毕"的精神，学问一天天渊博起来。太学里的老师和同学都夸奖，说："王充真是个博学多才的百家通呀！"后来，他终于成为我国历史上一位著名的思想家。

智慧悟语

每个人每天面对的事情都很多，往往到最后，却总发现这段时间什么都没有做，长此以往，会让自己有一事无成的感觉。所以，尝试每天都给自己一个任务，不管是学习上的还是工作上的，都要努力去完成，让自己从此不再碌碌无为。

为目标作努力不是浪费时间

> 埃德蒙斯说过:伟大的目标构成伟大的心。因为,成功从来只会是智慧、毅力、勤奋的结果。

彼得那年 70 岁,住在美国的一个小镇。他对自己 70 年所做的事情很困惑,想找一个人聊聊天。

一天天气很好,他想起了一位 84 岁的老学者,决定去拜访他,向他倾诉内心的困扰。他们见面了,显然老学者一眼就能看出彼得有心事,他静静听彼得说他的烦恼。

老学者说:"你应该抓紧现在和未来的日子。"

彼得说:"是的,我在尽力,但是,我已浪费了几十年。"

老学者摇了摇头:"达尔文说他贪睡,把时间浪费了,却写了《物种起源》;奥本海默说他锄地拔草,把时间浪费了,但后来成为'原子弹之父';海明威说他打猎、钓鱼,把时间浪费了,却获得了诺贝尔文学奖;居里夫人说她为孩子和家务浪费了时间,然而她不但发现了镭,而且还把孩子培养成了科学家。"

彼得很没自信:"这些人都是天才!我只是个平凡人,愚蠢的平凡人!"

"你无权评定你自己是愚蠢的平凡人,我的意思是提醒你,只要有确定的目标,在任何时间,做任何事,都不会妨碍思考和研究,甚至

有助于思考和研究，人们自以为浪费了时间，实际上并没有浪费。"

"但是，我年纪大了。"

"我 70 岁那年，拟完成一个需要 10 年才能完成的研究计划，当时，我向一位 30 多岁的年轻朋友谈到这计划，他笑了笑，我知道他为什么笑，在他看来，70 岁的老人，时日已不多了。可 10 年过去了，我的工作如期完成。"他挺了挺胸，笑了。

"你那位年轻的朋友呢？"彼得问。

"不再年轻了，已经中年啦！"

"对他来说，这 14 年，应该是黄金年龄，相信有很不错的记录。"

"没有，他也承认过去的 14 年是空白，真正的空白。"

"为什么？"

"依旧熙熙攘攘、推推挤挤地生活，14 年，一眨眼就过去了。"

老学者和彼得走进他的书房，说："来，让我们谈谈目标问题，烤鸡腿香味诱人，边吃边谈，并不浪费时间。"

彼得听了老学者的这句话，深有感悟，他紧皱的眉头慢慢舒展开来，他喃喃道："让我们谈谈目标问题，烤鸡腿香味诱人，边吃边谈，并不浪费时间。"

智慧悟语

埃德蒙斯说过：伟大的目标构成伟大的心。在学习中、生活中，当你一旦确立了某个目标，就应当为之全力以赴，切不可随波逐流、人云亦云地频繁更改、放弃原有的目标。因为，成功从来只会是智慧、毅力和勤奋的结果。

5分钟5分钟地去练习

一个有理想的人只要不辞辛苦,默默地积累、勤恳地耕耘,就一定能看到自己渴望看到的风景,摘到那挂在高处的累累硕果。

　　卡尔·华尔德曾经是美国近代诗人、小说家和出色的钢琴家爱尔斯金的钢琴教师。有一天,他给爱尔斯金上课的时候,忽然问他:"你每天要练习多长时间钢琴?"

　　爱尔斯金说:"大约每天三四个小时。"

　　"你每次练习,时间都很长吗?是不是有个把钟头的时间?"

　　"我想这样才好。"

　　"不,不要这样!"卡尔说,"你长大以后,每天不会有长时间的空闲的。你可以养成习惯,一有空闲就几分钟几分钟地练习。比如在你上学以前或在午饭以后,或在工作的休息余闲,5分钟5分钟地去练习。把小的练习时间分散在一天里面,如此弹钢琴就成了你日常生活中的一部分了。"

　　14岁的爱尔斯金对卡尔的忠告未加注意,但后来回想起来真是至理名言,而后他得到了不可限量的益处。

　　当爱尔斯金在哥伦比亚大学教书的时候,他想兼职从事创作。可是上课、看卷子、开会等事情把他白天和晚上的时间完全占满了。

差不多有两个年头,他不曾动笔写一字,他的借口是"没有时间"。后来,他突然想起了卡尔·华尔德先生告诉他的话。到了下一个星期,他就把卡尔的话实践起来。只要有 5 分钟左右的空闲时间,他就坐下来写作 100 字或短短的几行。

出乎意料之外,在那个星期的终了,爱尔斯金竟写出了相当多的稿子。

后来,他用同样积少成多的方法,创作长篇小说。爱尔斯金的授课工作虽一天繁重一天,但是每天仍有许多可供利用的短短余闲。他同时还练习钢琴,发现每天小小的间歇时间,足够他从事创作与弹琴两项工作。

智慧悟语

生活,永远不会只按你所要求的形式出现,学习与创造都是如此。而一个有理想的人只要不辞辛苦,默默地积累、勤恳地耕耘,就一定能看到自己渴望看到的风景,摘到那挂在高处的累累硕果。

成功需要多长时间

成功离我们每个人并不远,成功也不需要太长的时间,只要你坚持,只要你勤奋,成功的阳光便很快会照射到你忙碌的身上。

两个年轻人酷爱画画,一个很有绘画的天赋,一个资质则明显差一些。20岁的时候,那个很有天赋的年轻人开始沉醉于灯红酒绿之中,整天美酒笙歌醉眼迷离,丢掉了自己的画笔。

而那个资质较差的年轻人则没有。他生活虽然极为贫困,每天需要打柴、下田劳作,但他始终没有丢掉自己钟爱的画笔。每天回来得再晚、再累,他都要点亮油灯,伏案在破桌上全神贯注地画上一个钟头。即使在他做木匠走村串户为别人打制桌椅床柜的时候,他的工具箱里也时刻装着笔墨纸砚,休歇的短暂间隙,行路时的路边稍坐,他都会铺上白纸,甚至以草棍代笔,在泥地上画上一通。

40年后,他成功了,从湖南湘潭一个小镇上的一介平凡木匠,成了声蜚世界的画坛大师,这个人就是齐白石。

齐白石成功后,曾和他一起酷爱过绘画的那个年轻人到北京来拜访过齐白石,不过,他和同时自称"白石老人"的齐白石一样,已经是个年过六旬的老头了。两个人促膝交谈。齐白石听他慨叹美术创作的艰辛和不易,听他述说对自己从事绘画半途而废的深深惋惜,

齐白石听完莞然一笑说:"其实成功远不如你想的那么艰辛和遥远,从木艺雕刻匠到绘画大师,仅仅需要4年多的时间。"

"只需要4年多一点儿?"那个人一听就愣了。

齐白石拿来一枝笔一张纸伏在桌上给他计算说,我从20岁开始真正练习绘画,35岁前一天只能有一个小时绘画的时间,一天一小时,一年365天,只有365个小时,365个小时除以24,每年绘画的时间是15天。20岁到35岁是15年,15年乘以每年的15天,这15年间绘画的全部时间是225天;35岁到55岁的时候,我每天练习绘画的时间是2个小时,一年共用730个小时,除以每天24个小时,总折合是31天,每年31天乘以20年合计是620天;从55岁至60岁,我每天用于绘画的时间是10个小时,每天10个小时,一年是3650个小时,折合152天,5年共用760天。20岁到35岁之间的225天,加上35岁到55岁之间的620天,再加上55岁到60岁时的760天,我绘画共用1605天,总折合4年零4个月。

4年零4个月,这是齐白石从一个乡村懵懂青年成为一代画坛巨匠的成功时间。很多人对齐白石仅用了4年零4个月的时间便取得成功很惊愕,但何须惊愕呢?其实成功离我们每个人并不远,成功也不需要太长的时间,只要你坚持,只要你勤奋,成功的阳光便很快会照射到你忙碌的身上。

不要畏惧成功的遥遥无期,成功其实不需要太长的时间,用上你发呆或喝咖啡的时间已经足够了。

■李雪峰

智慧悟语

在我们看来,成功总是离我们太遥远,那是因为我们在坐着空想,而没有追求成功的任何实际行动。要成功就要迈出追求成功的步伐,虽然我们不知道什么时候能够到达成功的彼岸,但我们每走一步就离成功近一点儿。

一天投资一点儿

丰富的学识是许多人追求的目标,它的实现绝不是一个瞬时量,而是一个过程量,勤奋与积累就是这个过程中必不可少的元素。

艾伦•哈特格伦博士学识渊博,他以前是一所大教堂的牧师,后来退休了。他曾经问过一位年轻人是否了解南非树蛙,年轻人坦白地说:"不知道。"

博士诚恳地说:"如果你想知道,你不妨每天花 5 分钟的时间阅读相关资料,这样,5 年内你就将成为最懂南非树蛙的人,也会成为这一领域中最具权威的人。"

年轻人当时不置可否,但他后来却时常想起博士的这番话,觉

得这番话真的道出了许多人生哲理。

我们当中绝大多数人都不愿意每天投资5分钟的时间（与5个钟头的时间相比实在是少之又少）努力成为自己理想中的人。

伍迪·艾伦曾说过，生活中90％的时间只是在混日子，大多数人的生活只停留在为吃饭而吃、为搭公车而搭、为工作而工作、为了回家而回家。人们从一个地方逛到另一个地方，事情做完了一件又一件，看似做了很多事，但却很少有时间从事自己真正想做的事。就这样，一直到老死。我猜想很多人直到退休时，才发现自己虚度了大半生，剩余不多的日子又在衰老和病痛中一点一点地流逝。

成大事者与不成大事者之间的距离，并不像大多数人想象的那样是一道无法逾越的鸿沟。成大事者与不成大事者只差在一些小小的动作上：每天花5分钟阅读、多打一个电话、多努力一点儿、在适当时机的一件小事上多费一点儿心思、多做一些研究，或在实验室中多实验一次。

在追求理想时，你必须时刻与自己作比较，看看今天有没有比昨天更进步——即使只有一点点。

只要再多一点儿能力；

只要再多一点儿敏捷；

只要再多一点儿准备；

只要再多一点儿注意；

只要再多一点儿精力；

只要再多一点儿创造力；

……

通常只有在遇到实际的状况时，才能分辨你的能力能否胜任那份工作。如果你是一个外科医生，动手术时却笨手笨脚，就说明

你医术不佳；如果你是一个厨师，人们只有在吃了你准备的餐点后，才知道你的厨艺究竟好不好。

在行动之前你自己就大概知道你是否能够胜任这一任务。你可以想尽办法掩饰你的无助，并祈祷没有人会发现。但终究你还是得面对自己的无能为力，也必须自己想办法修正。

没有任何借口可以解释你为什么长时间无法胜任一项工作。第一天你可能什么都不知道，第二天你应该至少懂点儿什么。第一次尝试一份工作，你可能没办法表现得尽善尽美，但经过一些天的练习，你总应该比第一天做得更好。

别人无法真正断言你是不是一个诚实的人——在实际的表现之前。只有你自己才知道自己的动机或企图；只有你自己才知道你诚不诚实、值不值得信赖；也只有你自己才知道你提供的交易公不公平。

人们通常最了解自己是否欺骗了他人，如果自己连这点都不知道，就已经成为一个病态的骗子，行为上也必定会有严重的偏差。

不论你想追求的目标是什么，你都必须强迫自己增强能力以实现它。这就要求你钻研自己的领域，认真地研究、仔细地观看、专心地聆听这行中顶尖人才的言行举止，并效法他们的作为。

勤加练习，勤加练习，最后还是勤加练习！绝不放弃学习，而且一定要将学得的知识运用于日常生活中。

智慧悟语

丰富的学识是许多人追求的目标，它的实现绝不是一个瞬时量，而是一个过程量，勤奋与积累就是这个过程中必不可少的元素。

如果说知识的学习过程是一个圆，那么，勤奋与积累联结起来便是这个圆的直径。

三多三上

> 要想积累知识、获得成功从来没有捷径可走，勤奋与惜时是必备的要素。

欧阳修，庐陵（今江西永丰）人，是我国北宋时期的文坛泰斗，名列"唐宋散文八大家"中"宋六大家"之首，他在诗、词、散文、历史著述等方面都取得了令人瞩目的成就。他是怎么取得这些成就的呢？

欧阳修4岁时，父亲欧阳观不幸病逝，他没有为妻儿留下任何财产。母亲郑氏带着一儿一女，生活相当艰难。有一天，欧阳修看见村里的其他孩子能上学念书，非常羡慕，他回家对母亲说："妈妈，送我去读书吧，我要认字……"母亲看着他，说："好孩子，妈妈教你认字好不好？"听说能认字，他高兴地跳起来。由于家中贫困，买不起纸和笔，母亲便在离长江不远的一条小河旁，用河边的芦苇秆当笔，把沙子地摊平当做纸，教欧阳修学习写字。母亲每教一个字，他都反复诵读，一笔一画，都牢记在心。春天去了，秋天来了，无论是寒冷的冬天，还是炎热的暑天，他都坚持学习，养成了勤奋好学的习惯。就这样，两年后，他已认识了两千多个字，已经能自己读书了。

很快,家藏书籍就被他读完了,家里没有钱买书,欧阳修就经常到附近藏书多的人家去借书读,有时候还把借来的书抄录下来。一次,他去一个姓李的人家借书,从那家的废纸堆里发现一本旧书,他拿起一看,原来是唐代文学家韩愈的文集,于是他就请求主人把这本旧书借给他,主人被他的这种好学的精神感动了,就把这本书送给了他。他把书带回家里细细阅读,顿时,被韩愈深厚雄博的文笔折服,一口气读到深夜,忘了吃饭,也忘了睡觉。从此,他有意效仿韩愈的文章,学习古文写作。由于他学习一丝不苟,十多岁时,他的文章已写得相当老练,连成年人也自愧不如。人家问他学习的诀窍,他说:"学习要靠三多,即多看、多做、多思考。"

欧阳修做官以后,事务繁忙,但他仍坚持读书、写作。后来,有人问他那么忙,他是怎么读书写作的。他说,他是利用了"三上":枕上、厕上、马上。也就是说,他是利用睡觉的时候、上厕所的时候、骑马走路的时候来读书写作的。

欧阳修正是靠了这"三多"、"三上",才能在宋代文坛上独领风骚。

智慧悟语

聪明的人今天做明天的事,愚蠢的人明天做今天的事。要想积累知识、获得成功从来没有捷径可走,勤奋与惜时是必备的要素。正所谓,勤能补拙是良训,一分辛苦一分才。

第❺辑
学习是不断积累的过程

电视剧《大长今》里的长今刚开始学习料理时，她的师傅韩尚宫并没有按照常规方式一开始就教她料理的技巧，而是让她努力去掌握所有饮食素材的基本知识，当长今失去味觉后，韩尚宫让长今根据对饮食素材的基本理解，来搭配食材，用想象来做出美味的食物。由于从小就有了深厚的积累，长今神奇地做到了这一点。学习其实和做菜一样，早期基础往往能决定你知识堡垒的高度。础的深度和厚度往往能决定你知识堡垒的高度。

终身努力的书法家

当养成了一种无处不学的习惯，无形中我们已经可以享受过程的快乐，这样就更易于我们通向成功。

　　舒同是一位农民的儿子，一位在疆场上驰骋过的我军高级干部，他又是一位全国著名的书法家、中国书法家协会创始人。他的首次书法展在北京举行时，吸引了众多书法爱好者前往参观。

　　这位早在井冈山时期就被毛泽东同志称为"党内一支笔，红军书法家"的舒同，其书法功力深厚、笔法遒劲、法度严谨、独具风格，被人们称道为"舒体"。1936年延安抗日军政大学筹办时，有关同志请毛泽东题写校名。当时毛泽东正在撰写《实践论》，就推荐舒同写。"延安抗日军政大学"的校名和"团结、紧张、严肃、活泼"的校训便是出自舒同之手。舒同担任山东省委第一书记时，单是1959年，便和毛泽东6次在一起研究工作和探讨书法艺术。有一次，毛泽东游览济南大明湖时对舒同说："乾隆的字到处有，但有筋没骨，我不怎么喜欢。"然而，他却常常向别人称赞舒同的书法好。

　　这位蜚声书坛的红军书法家，是江西省东乡县人。他的父亲以做农活兼营理发维持全家生活。当时虽然家境寒微，他父亲为了使儿子成材，还是硬撑着把他送进乡间的一所私塾。舒同回忆说："我

进私塾那年只有 6 岁,是家里人节衣缩食维持我就学的。从那时起我开始学习书法,并对它产生了浓厚的兴趣。"

小学和中学阶段的刻苦训练,为舒同炉火纯青的书法艺术打下了坚实的功底。由于家境贫寒,无钱买纸笔,他从河里拣来红粉石磨成红墨汁,把野黄瓜砸碎泡成黄墨水,从染布房要来废染料当黑墨汁,把嫩竹制成"毛笔",用芭蕉叶当纸,便练习起来。他先是用清水写,干了再用黄水写,最后用黑染料写,如果能搞到一张马粪纸,就更是当做宝贝了。他 12 岁时,在家乡就小有名气了。他 14 岁时,家乡的一位拔贡先生做 60 大寿,特邀舒同为他写庆寿书匾。当时舒同手执大笔,一挥而就四个斗大的字:如松柏茂。拔贡先生看后赞誉不止,说他的字刚健雄厚,大气磅礴,有开阔豪放的气概。

从此,他的书法在家乡引起了人们的瞩目。每当逢年过节,到他家请他写对联的人络绎不绝。舒同 16 岁就读于江西省第三师范学校的时候,就已经有很多人请他用宣纸写字,然后装裱起来作为艺术品欣赏。他当时的墨迹有些一直保存至今。可以说,这位大名鼎鼎的书法家的艺术基石,完全是在小学和中学时奠定的,靠的就是勤学苦练和孜孜以求的治学态度。概括地说,他从小立志开始走上成材之路,到中学时代进一步有意识地朝着自己选定的目标不懈努力,因而一步一个脚印地走进了自己所热爱的书法艺术的更高境界。

正是从小养成的习惯,使他在以后的年月中,不管是在硝烟弥漫的战场上,还是在公务繁忙的领导岗位上,甚至被关在"牛棚"里,始终坚持研究书法,而今,舒同的书法已经享誉国内,"舒体字"深得人们喜爱。

智慧悟语

为了实现既定的目标，我们必须要有持之以恒的毅力。不断为自己喜欢的事情而努力，当养成了一种无处不学的习惯，无形中我们已经可以享受过程的快乐，这样就更易于我们通向成功。

厚积薄发

> 给自己更多的时间去学习和思考，我们就可以在慢慢吸收新东西的同时，不断地丰富我们的知识。

一位青年从小学画画，可是画了很多年都没有成名。他的画常常摆在书画商那里很久，最终却卖不出去。所以，尽管他画出了很多作品，生活还是很潦倒。有时候，这位青年看着那一堆堆被退回来的画，想到了放弃。可是，一想到自己多年的努力，他觉得自己还是有天分的，只是缺少一些经验。于是，他找到了一位大画家。那位大画家的作品很受欢迎，城里人几乎都以拥有那位大画家的画为荣。青年想如果自己向这位大画家请教，一定能够让自己的画得到人们的青睐。

青年带着疑惑向大画家登门求教。他问大画家："我画画的速度

很快,效率很高,常常一天时间就能画出一幅画,可是要卖掉这幅画我要等上整整一年的时间,很多时候我的画还会被退回来,这是为什么呢?"大画家沉思了一会儿,问道:"你认为你的画已经精益求精了吗?"青年愣了一下,很惭愧地回答:"我想还没有。"大画家又说:"那么,我想,你可以倒过来试试。""倒过来?"青年有些不解。大画家肯定地说:"是的,倒过来。我想,你要是用一年的时间画一幅画,那么你就能够用一天的时间卖掉它。"

青年有些惊讶,他叫起来:"一年画一幅,那多慢啊,就算是要精益求精,也不用这么慢吧?"大画家严肃起来:"年轻人,创作是很艰苦的工作,如果你想要走捷径,那么你的画只能一年卖一幅。我不是开玩笑。你要想在画画上取得成绩,就按我说的去试试吧。"

青年认真思考着大画家的忠告,决定按照大画家的建议去做。于是,他开始闭门创作,苦练基本功,不但深入搜集素材,还认真揣摩构思,在画一幅画时,不轻易落笔,而是等每一个细节都胸有成竹之后,才动手去画。他整整用了一年的时间完成了一幅画,直到他自认为已经精益求精了,才把画交给书画商。果然,这幅画受到了很多人的欢迎。

智慧悟语

　　我们往往不知自己的不足在哪里,那么,重新审视一下自己,这样会让我们有新的收益。经过深思熟虑之后,我们才有更大的提高。给自己更多的时间去学习和思考,我们就可以在慢慢吸收新东西的同时,不断地丰富我们的知识。

年轻时养成努力探求知识的好习惯

> 成功不是一朝一夕的事,而是长期积累的结果。想一步登天,只会摔得粉身碎骨。一步一个脚印,踏踏实实,才会登上成功的巅峰。

　　意大利文艺复兴时期,曾产生过许多画家、雕刻家、建筑家,而达·芬奇被认为是这个时代"在思维能力、热情和性格方面,在多才多艺、学识渊博方面最杰出的巨人",他在许多领域都有发明创造。这样一位伟大的先驱者,之所以能够取得如此杰出的成就,和他在年轻时努力探求知识的习惯是分不开的。

　　达·芬奇从小勤奋好学,善于思考。他对绘画有特别的爱好,也喜欢玩弄黏土做一些稀奇古怪的玩意儿。他常常跑到小镇的街上去写生,邻居们都称赞他是"小画家"。有一天,达·芬奇在一块木板上画着一些蝙蝠、蝴蝶、蚱蜢之类的小动物,他的父亲看见了,觉得画得不错。为了培养他的兴趣,1466 年,父亲送他到佛罗伦萨著名艺术家佛洛基阿的画坊去学艺,那时,他正好 14 岁。

　　佛洛基阿是一位富有经验的画师,对学生要求十分严格,他教达·芬奇的第一课就是画鸡蛋。从此,达·芬奇根据老师的要求,每天拿着鸡蛋,一丝不苟地照着画。过了一年、两年,达·芬奇有点儿不耐烦了。有一天,他实在忍不住了,便问道:"老师,为什么老是让我画鸡蛋呢?"

佛洛基阿听了,耐心地对他说:"别以为画蛋很简单,要是这样想就错了。在一千只蛋当中,从来没有两只形状是完全相同的。即使是同一只蛋,只要变换一个角度,形状便立即不同了,比如,把头抬高一点儿,或者眼睛看低一点儿,这个蛋的轮廓也有差异。如果要在画纸上准确地把它表现出来,非要下一番苦功不可。多画蛋,就是训练眼睛去观察形象,训练随心所欲地表现事物,等到手眼一致,那么对任何形象都能应付自如了。绘画,基本功是最重要的,你不要浅尝辄止,要耐心地画下去啊!"达·芬奇点头称是,于是更加刻苦认真地画起来。

这生动的一课,不仅为达·芬奇的绘画艺术打下了基础,而且对他以后钻研多方面学问都很有启迪。达·芬奇在此整整苦学 10 年,不但在艺术方面得到了良好的学习和训练,而且还结识了一批艺术家和学者,阅读了很多书,在许多领域都打下了知识基础。

后来,达·芬奇在总结童年学画的经验时,他告诉下一代艺术爱好者们说:"你们天生爱画,所以我对你们说,你们若想学得物体形态的知识,须由细节入手。第一阶段尚未记牢,尚未练习纯熟,切勿进入第二阶段,否则就虚耗光阴,徒然延长了学习年限。切记,艺术靠勤奋,勿贪图捷径。"

智慧悟语

成功不是一朝一夕的事,而是长期积累的结果。想一蹴而就,只会适得其反。一步一个脚印,踏踏实实,才会登上成功的巅峰。所以,应该从小培养自己的良好生活习惯、思考习惯,从而迈出成功的第一步。

积小流成江海

> 只要每次扎扎实实地去记忆些许，最终真正掌握的知识就会积少成多，这远比泛泛而学要实际和有效得多。

叶奕绳是明末清初文学家。他小时候生性迟钝，记忆力非常差，读起书来往往是如过眼烟云，前面的内容刚读完了，读到后边时就把前面刚读过的忘光了。不过，叶奕绳并没有因为自己的天资较差而沉沦，反而是更加奋发苦读，并创造性地想出了一个"约取"而"实得"的读书方法。他是如何"约取实得"的呢？

为了克服自己先天资质不足的缺陷，叶奕绳每读一本书的时候，就把凡是自己喜欢的篇章、段落或是格言、警句，都用纸片抄录下来，认认真真地诵读十几遍，然后再把它们一张一张地贴在墙上。他每天多的时候抄上十几段，少的时候也要抄六七段。每当他读书读得累了，需要休息一会儿的时候，他就在房间里来回踱步，一边踱步，一边重读墙上贴的那些纸片。每天，他都要把墙壁上的纸片读三五次，直到把它们读得滚瓜烂熟、一字不落才停止。等到四面墙壁都贴满了，他就把过去所贴的纸片取下并收藏起来，然后再把当日新抄的纸片贴上去，填补墙壁上的空白。就这样，随取随补，从不间断，一年下来，他用这种方法，起码可以积累三千多段精彩的文字。数年之后，他肚子里的"墨水"就很可观了。

由于有了丰富的语言积累和知识积累,他写起文章来便"下笔如有神"了。后来,叶奕绳竟成了一名学识渊博、文采横溢、擅长戏曲的著名文学家。他在总结自己的读书经验时,深有感触地说:"不如予之约取而实得也。"意思是读起书来,与其浮光掠影,一无所获,还不如像我这样每天记一点儿,看起来似乎学到的知识不算太多,但是日积月累,到时候实际收获的却也不少哩!

智慧悟语

只贪求数量而不讲求质量的学习,最终学到的知识也是浅尝辄止,对自己没有多大的用处。如果只是一味地贪多,那我们只是学过,其实并未学到。只要每次扎扎实实地去记忆些许,最终真正掌握的知识就会积少成多,这远比泛泛而学要实际和有效得多。

每日都要有新知

一个人每天都知道自己哪些知识没有学会,每个月都不要忘记自己应该能学会的东西,这就可以称做喜欢学习了。

顾炎武(1613～1682),字宁人,江苏昆山人。因为他的家乡有个

亭林湖，后世学者又称他为"亭林先生"。他一生誓不与清朝政府合作，致力于著述，是我国明末清初著名的思想家，和黄宗羲、王夫之并称为明末清初"三大家"。《日知录》是顾炎武"考察古书有了心得体会，并把这些体会随时记成读书笔记，时间长了，将这些笔记进行分类整理而编成的书"。书名出自《论语·子张篇》。子夏曰："日知其所亡，月无忘其所能，可谓好学也已矣。"意思是说一个人每天都知道自己哪些知识没有学会，每个月都不要忘记自己应该学会的东西，这就可以称做喜欢学习了。顾炎武取"日知"二字作书名，反映了他深爱学习的志趣。

顾炎武没有一天不读书，没有一天不抄书。有时朋友们来到他家做客，整天地喝酒玩乐来消磨时光，他对这种情形感到厌烦。客人走后，他总是叹口气说："可惜又白白过了一天。"顾炎武自幼勤奋治学，他采取了"自督读书"的读书方法：首先，他给自己规定了每天必须读完的卷数。其次，他限定自己每天读完后把所读的书抄写一遍，即使读《资治通鉴》时也是如此。当他读完一部书的时候，这部书就变成了两部书。再次，要求自己每读一本书都要做笔记，写下心得体会。他的一部分读书笔记，后来汇编成了著名的《日知录》一书。最后，他在每年春秋两季，都要温习前半年读过的书籍，一边自己默诵，一边请人朗读，如果发现差异，就立刻查对原文。他规定每天这样温习功课200页，温习不完，绝不休息。

顾炎武从小读书时，只要有心得就把它记下来。如果发现书里面有错误，他都要反复考察，予以纠正。不仅如此，他还经常整理自己的笔记。有时，整理自己的心得笔记时，只要发现古人已经有了同样的认识，他就毫不犹豫地把这个认识删掉。就这样，他经过30年的日积月累，终于编成了内容涉及政治、经济、军事、教育、科技、哲学、宗教、

历史、法律、经学、文学、艺术、语言、文字、典章制度、天文地理等广阔领域的《日知录》。这本书及顾炎武的治学精神，对后世产生了巨大影响。梁启超说："论清学开山之祖，舍亭林没有第二人。"

智慧悟语

学习不能断断续续，更不能停滞不前。知识是没有尽头的，这就要求我们要永不停止地去寻求新知。学习的过程应是一个反复积累的过程，即使是旧有的知识也要重复地去温习，这样才能学了新知识也不忘旧知识。

每天成功1%

人的一生也就是使1后面的0不断倍增的进位过程。1就是我们的目标，0就是我们为1所付出的努力，如果失去了每天成功1%的信心，失去了标杆一样的1，一切就永远归于0！

我几乎每天都会收到许多朋友们和编辑记者的邮件，有时也会收到许多垃圾邮件，我对此十分反感，浪费时间不说还影响我的情绪。有时处理完这些垃圾邮件我便自我解嘲：又做了一次网络义务

清洁工。

有一天打开邮箱一看,还是大量的垃圾邮件。我准备全部删除时,发现有一封邮件的主题为:"经理,请你给我一个机会吧,我会努力的,我将用上全部的力量使自己每天成功1%!"我眼睛为之一亮,觉得好笑,我怎么变成了经理。好奇心驱使我仔细查看这个邮件。

打开这个标题新颖的邮件正文,内容是一个工作受挫的青年给老总的信。信中他说由于自己刚参加工作业务不熟,工作中出了差错,影响了公司的形象和效益。公司准备辞退他,他鼓足勇气给老总写了一封自荐信。言辞很诚恳,尽管写了许多与工作有关的事情,但感情还是很真挚的,洋溢着一股积极向上追求进取的青春气息。

可见他还是非常珍惜、喜欢这份工作的。

从他的话里我看出了自己刚参加工作的那股朝气,他的每天成功1%的执著和信念深深地打动了我的心。于是我红着脸以经理的口气给他回了邮件:我相信你会很优秀的,年轻人,继续努力吧,每天成功1%,你会成功的。经理期待着你做出很大的成绩!

发完邮件我仔细算了一下,相比于一生,一天真的很短,以一年365天,一生75岁计算,从18岁成人算起,除去吃喝拉撒、精力不济等种种因素虚度掉的10年,我们还有近50年为确定的目标每天努力付出,如果每天接近目标并成功1%,大概有近183个大目标我们完全可以实现。

计算结果令我大吃一惊!未免有点儿恐慌。我们几乎每天都找借口说自己很忙,一年下来真正做成功的事情并没有多少,想想有多少1%被我们所忽略、放弃?当我们确定一个大目标时,短期内看上去这个目标很遥远、缥缈,但当我们把它分解到年、月、日,分解到时、刻、分、秒,分解到1%,如果我们每时每刻每天为1%付出99%

的努力,遥远的目标一下子变得清晰、现实起来!

每天成功 1% 只是一个为了大目标而努力的落脚点,而当 1% 逐步上升为 100%,当 1 变成 10,变成 100、1000、10000 甚至更多时,我们已将成功的桂冠挂在胸前了。

大概半年后我收到一封邮件,主题为"那个每天成功 1% 的青年感谢你的鼓励",正文内容是这样的:"你好,尽管我们未曾谋面,或许你早已忘记了那个错将邮件发给你的青年。半年前由于工作上的失误我给公司造成了不小的损失,那时公司能否继续留用我,我心中没有底。我很喜欢那份工作,那晚我鼓足勇气给经理发了一份邮件,恳求他给我一个继续工作的机会。邮件发出的第二天我的一个创意被公司采用,给公司创造了一定的效益,公司决定留用我,我以为是经理看到邮件后给我的肯定。经过半年的努力,现在我已坐到经理助理的位置。有一次和经理谈起我曾经发过的那封邮件,他说没有收到过我的邮件。后来我仔细查阅了已发邮件,才发现我阴差阳错发给了你,原来你的邮箱和我们总经理的邮箱只有一个字母之差。真的,我非常感谢你,是你给了我每天成功 1% 的力量和信心。如果没有你的鼓励说不定我还在找工作,我真诚地希望你在工作和事业中每天不但成功 1%,而且每天成倍地收获快乐和成功。祝你和你的家庭幸福。"

我被感动了,欣慰之情油然而生,没想到意外之举竟促成了一个在挫折之中的心灵的奋起,我的不多的文字像台阶一样垫起了一个陌生心灵成功的高度。我很快给他回了一封简单的邮件:你的邮件给了我好心情。施爱于人,一份成功会变成两份成功,一份快乐会变成多份快乐。我也感谢你给我的鼓励,让我们一起接近目标,接近成功。

从那以后我不再轻易删除陌生的邮件,哪怕一个广告我也会耐心地阅读,我深知,说不定我的鼠标轻轻一击会截断一个陌生心灵通往成功的道路,折断他们充满希冀的翅膀,使他们从理想的天空沉落。

我顿然明白,人的一生也就是使 1 后面的 0 不断倍增的进位过程。1 就是我们的目标,0 就是我们为 1 所付出的努力,如果失去了每天成功 1% 的信心,失去了标杆一样的 1,一切就永远归于 0!

现在我每天坚持写作,我深知,不放弃 1%,最小的目标也会变成最大的成功。

■马国福

智慧悟语

目标似乎离我们很远,但其实,只需每天努力一点点,那我们就进步一点点,离成功也近一点点。只要肯付出,再高的山也可以爬到顶峰,再长的路也可以走到终点。哪怕每天只学会一点儿,它也已经逐渐增添了我们收获成功的信心。

两个爱画画儿的孩子

人们把小辉贴在墙上的画揭下来,扔进了纸篓;又将小明扔在纸篓里的画拾出来,贴在墙上。

小明和小辉是两个爱画画儿的孩子。

小辉的妈妈给儿子一叠纸、一捆笔,还有一面墙。她告诉他:"你的每一张画都要贴在墙上,给所有来我们家的客人看。"

小明的妈妈给儿子一叠纸、一捆笔,还有一个纸篓。她告诉他:"你的每一张画都要扔在这个纸篓里,无论你自己对它满意还是不满意。"

3 年以后,小辉举办了画展:一墙的画,色彩鲜亮,构图完整,人人赞扬。

小明没法展览,一纸篓的画,满了就倒掉,所有的人都只看到他手头尚未画完的那一张。

10 年以后,人们对小辉一墙一墙地展览的画已不感兴趣;小明的画却横空出世,震惊了画坛。

人们把小辉贴在墙上的画揭下来,扔进了纸篓;又将小明扔在纸篓里的画拾出来,贴在墙上。

智慧悟语

很多时候,我们在不知不觉中经过一个长期而艰难的磨炼过程后,才发现,原来在这当中有我们意想不到的收获。反复地锻炼,更能让我们炼出真正的本领和才能。在一次次的挫折与失败中,其实我们已经学到了很多,我们已经在悄悄地进步着。

10 分 钟

> 短短的 10 分钟,在平实的心境中,使一个人的爱好和智慧得以挥洒和延伸,并最终有所成就,这是孩子的母亲始料不及的。

有一个小孩完成作业后喜欢玩电脑,他的母亲很恼火,认为会耽误学习,每每都要把电脑关掉。可孩子却好像入了迷,总是躲着大人玩,母亲连打带骂也不管用。后来,父亲看出孩子的潜质,决定换一种方式来疏导孩子,便在一旁撮合:"给你再玩 10 分钟。"母子俩的"战争"从此烟消云散。这个孩子后来不仅考上了一所名牌大学,而且还成为一名电脑奇才。短短的 10 分钟,在平实的心境中,使一个人的爱好和智慧得以挥洒和延伸,并最终有所成就,这是孩子的母亲始料不及的。

一位演奏家偶然在一所普通的中学听到一个普通的语文老师

弹奏《海边的阿迪丽亚》，发现其演奏水准丝毫不亚于专业音乐手，于是惊讶地问："请问你熟悉这首曲子花了多少时间？"这位老师微笑道："10分钟。"在专家疑惑的目光中，她的一番解释让人感叹不已："我们学校有一架钢琴，原来有一个音乐老师，后来她因故离开了学校，我就有机会来到琴房，每天利用课间10分钟来弹奏这首我心爱的曲子，从最初的音阶练起，才……"

智慧悟语

　　把无数个短暂的10分钟累加起来，可以创造出无限的奇迹。只有10分钟，我们不能做太多的事情，但我们也绝不能让它白白溜走。请珍惜你随时拥有的10分钟吧，如果你对这10分钟格外珍惜，它也一定会给你多于10分钟的回报，这样你也会创造生命的精彩。

辞职的理由

　　许多大事就是从小事中做出来的，每一件小事都是为完成一件大事做准备，我们需要的是从小事中积累足够的经验。

　　艾米莉大学毕业后，应聘到一家电影制片公司担任助理影片剪辑。这本来是一个人在影视界寻求发展的起点，但令人意想不到的

是,在 10 个月后,她却离开了这个岗位,辞职了。

艾米莉认为自己这样做的理由很充分:堂堂一个大学毕业生,受过多年的高等教育,却在干一个小学毕业生都能干的事情,把宝贵时光耗费在贴标签、编号、跑腿、保持影片整洁等琐事上面,这怎能不让人感到委屈呢?她有一种上当受骗的感觉,更有一种对不起自己的感觉。她认为她一定要逃离这种浪费时间的生活,在这种工作中,她看不到光辉的明天。

辞职后的艾米莉继续不断地找工作,不断地辞职。每一项工作她都有理由认为自己不该再继续待下去,认为是浪费生命。就这样,几年后,艾米莉依然没有找到她梦想的成功。后来,当她看到电视上打出的演职人员名单时,竟然发现以前的同事现在已经成为羽翼丰满的导演,有的已经成为制片人。此时,她的心中颇有点儿不是滋味。

智慧悟语

从低处做起,未必就不能有所作为,反而是浅尝辄止的人,永远只能停留在原地。许多大事就是从小事中做出来的,每一件小事都是为完成一件大事做准备,我们需要的是从小事中积累足够的经验。

一份菜单

　　不可忽略生活中的每一个细节,它看似小,实则大,或许现在还不能显示出它的价值, 但它很可能会在我们日后的人生道路上起着至关重要的作用。

　　果戈理是俄国伟大的作家,他为我们留下了许许多多脍炙人口的小说、戏剧。果戈理有一个习惯,就是他每到一处,总不忘记带上他的宝贝——一个小笔记本。他把所听到的奇闻怪事、看到的风土人情、读过的警句、看书后的心得,都毫无例外地记在小笔记本里。

　　有一次,他请一位朋友上饭馆吃饭,直到服务员把饭菜全部摆上来了,他还在一个劲地埋头往小本子里写什么。他的朋友见了觉得十分奇怪,便好奇地问道:"你饭都不吃,在本子上写些什么呀,这么重要?""哦,你不知道,真是太奇妙了,这份菜单对我太有用处了!"果戈理异常兴奋,像寻觅到什么宝贝似的,不能自己。"那也得吃饭啊,看,饭菜都快凉了!"他的朋友催促着。

　　可别小看果戈理抄在笔记本里的这份菜单,后来他在短篇小说集《狄康卡近乡夜话》里,就用上了它。里面许多关于乌克兰的风俗习惯、民间传说、民歌谚语等,也都是从那本笔记本里得来的。果戈理的笔记本记了很多宝贵的材料,为他在文学路上的成功奠定了基础。

智慧悟语

　　不可忽略生活中的每一个细节，它看似小，实则大，或许现在还不能显示出它的价值，但它很可能会在我们日后的人生道路上起着至关重要的作用。所以不要随意错过每一个学习的小机会，否则我们可能错过成功。

问号成就的辉煌

爱因斯坦有句名言："提出一个问题往往比解决一个问题更重要。"美国心理学家吉尔福特也说过："科学家成功与否很大程度上取决于他提出问题的能力。"学习不应只是一种知识的被动接受，而应该是一种能力的主动培养。没有质疑精神，就很难形成终生受用的独立思考和独立判断的能力。

一个问号成就的辉煌

> 作为一名训练有素的科学家，他发现自己在不知不觉中丧失了男孩那种到所有的"已知"中去追求"未知"的好奇心，想到此，他不禁为之一震！

1921年，印度科学家拉曼在英国皇家学会上作了声学与光学的研究报告，取道地中海乘船回国。甲板上漫步的人群中，一对印度母子的对话引起了拉曼的注意。

"妈妈，这个大海叫什么名字？"

"地中海！""为什么叫地中海？"

"因为它在欧亚大陆和非洲大陆之间。"

"那它为什么是蓝色的？"

年轻的母亲一时语塞，求助的目光正好遇上了一旁饶有兴味倾听他们谈话的拉曼。拉曼告诉男孩："海水之所以呈蓝色，是因为它反射了天空的颜色。"

在此之前，几乎所有的人都认可这一解释。这一解释出自英国物理学家瑞利勋爵，这位以发现惰性气体而闻名于世的大科学家，曾用太阳光被大气分子散射的理论解释过天空的颜色，并由此推断，海水的蓝色是反射了天空的颜色所致。

但不知为什么,在告别了那对母子之后,拉曼总对自己的解释心存疑惑,那个充满好奇心的稚童,那双求知的大眼睛,那些源源不断涌现出来的"为什么",使拉曼深感愧疚。作为一名富有责任心的科学家,他发现自己在不知不觉中丧失了男孩那种到所有的"已知"中去追求"未知"的好奇心,想到此,他不禁为之一震!

拉曼回到加尔各答后,立即着手研究海水为什么是蓝的。结果他发现瑞利的解释实验证据不足,令人难以信服,遂决心重新进行研究。

他从光线散射与水分子相互作用入手,运用爱因斯坦等人的涨落理论,获得了光线穿过净水、冰块及其他材料时散射现象的充分数据,证明出水分子对光线的散射使海水显出蓝色的机理,与大气分子散射太阳光而使天空呈现蓝色的机理完全相同。进而又在固体、液体和气体中,分别发现了一种普遍存在的光散射效应,被人们统称为"拉曼效应",为 20 世纪初科学界最终接受光的粒子性学说提供了有力的证据。

1930 年,地中海轮船上那个男孩的问号,把拉曼领上了诺贝尔物理学奖的领奖台,使拉曼成为印度也是亚洲历史上第一个获得此项殊荣的科学家。

智慧悟语

海水为什么看起来是蓝色的呢,苹果为什么是向下掉而不是向上飞呢……一个又一个的问号成就了科学的辉煌。科学是不能马虎敷衍的,它需要不断质疑和探索,严谨求证。而学习正是需要这样敢于质疑权威和大胆求证的精神。

答案是可以灵活运用的

在知识的积累过程中除了要依靠老师、课本的指引,关键还是要靠自己的体会与思考,累积实践经验,并结合所学体会其中奥妙。

第二次世界大战时,美国军方委托著名的心理学家桂尔福研发一套心理测验,希望能用这套东西挑选出最优秀的人来担任飞行员。结果很惨,通过这套测试的飞行员,训练时成绩表现都很惹眼,可是一上战场,三两下就被击落,死亡率非常高。

桂尔福在检讨问题时,发现那些战绩辉煌、身经百战而打不死的飞行员,多半是由退役的"老鸟"挑选出来的。他非常纳闷,为什么专业精密的心理测试,却比不上"老鸟"的那点儿直觉呢?其中的问题在哪儿?

桂尔福向一个老鸟请教,老鸟说:"是什么道理,我也说不清。不如你和我一起挑几个小子看看,如何?"

"能够这样是最好不过了。"

第一个年轻人推门进来,老鸟请他坐下。桂尔福在旁观察、记录。

"小伙子,如果德国人发现你的飞机,一个高射炮就打了上来,你该怎么办?"老鸟发出第一个问题。

"把飞机飞到更高的高度。"

"你怎么知道的？"

"《作战手册》上写的,这是标准答案啊,对不？"

"正确,是标准答案。恭喜你,你可以走了。"

"长官,只有一个问题吗？没有别的要问的吗？"

"你没有问题了,接下来的问题是我们的。"

"是的,长官！"

第一个菜鸟走出去后,进来第二个菜鸟。他刚一坐下,老鸟问了同样的问题:

"小子,如果该死的德国佬发现你的飞机,一个高射炮就打了上来,你该怎么办？"

"呃,找片云堆。躲进去。"

"是吗？如果没有云呢？"

"向下俯冲,跟他们拼了！"

"你找死啊？"

"那摇摆机身呢？"

"喂,小子,是你开飞机还是我开？书,你都没看？"

"长官,你说的是《作战手册》吗？"

"对,难道叫你看《圣经》？"

"《作战手册》我看过,但太厚,有些记不清。长官,我爱开飞机,我想为美国开飞机。但读书对我来说像读食谱。"

"什么意思？"

"我煎蛋、煎牛排都行,我还会帮我老妈烤苹果派。但要我像食谱那样讲出一、二、三,我就搞不懂了。"

"好,你可以下去了。"

"长官,我是不是说错了什么？"

"菜鸟,现在不要问问题。"

等菜鸟走出门,老鸟转过身来问桂尔福:"教授,如果是你决定,你会挑哪一个?"

"嗯,我想先听听你的意见。"

"我会把第一个刷掉,挑第二个。"老鸟说。

"为什么?"

"没错,第一个回答的是标准答案,把飞机的高度拉高,让敌人的高射炮打不着你。但是,德国人是笨蛋吗?我们知道标准答案,他们不知道吗?所以德军一定故意在低的地方打一波,引诱你把飞机拉高,然后他真正的火网就在高处等着你。这样你不死,谁死?"

"噢,原来如此。"

"第二个家伙,虽然有点儿搞笑,但是,越是不按牌理出牌的小子,他的随机应变能力反而越好。碰到麻烦,他可以想出不同的方法来解决,方法越多,活命的机会就越大。像我这种真的打过很多仗没死的,心里最清楚,战场上发生的事,《作战手册》上都没有;只有一样跟书上写的相同。"

"哪一样?"

"葬礼。只有这个跟书上写的一字不差。作战都靠背书,那你只能战死,找不到答案!"

■郝广才

智慧悟语

在知识的积累过程中除了要依靠老师、课本的指引,关键还是

要靠自己的体会与思考,累积实践经验,并结合所学体会其中奥妙。观察、体验、思考,答案就会出现在你的面前。

善问的维特根斯坦

只有学会提出自己的疑问,才能学到更多的东西。

　　著名哲学家维特根斯坦在剑桥大学学习时,曾是大哲学家穆尔的学生。

　　在穆尔授课期间,维特根斯坦是最令他头疼的学生。维特根斯坦总有问不完的疑问,一个接一个,总是没完没了。一堂哲学课常常会变成维特根斯坦提出疑问,由穆尔一一解答的答辩课。甚至在休息时间,维特根斯坦也穷追不休,亦步亦趋地紧跟着老师穆尔。在剑桥大学,维特根斯坦是一个有名的"问题篓子"。

　　有一天,穆尔的朋友、著名哲学家罗素登门和穆尔闲聊,他问穆尔:"谁是你最出色的学生?"

　　穆尔毫不犹豫地回答说:"是维特根斯坦。"

　　罗素问:"为什么呢?"

　　"因为在我所有的学生中,只有维特根斯坦老是有一大堆学术上的疑问。"穆尔回答说。

　　十几年过去后,维特根斯坦在哲学界的名气不仅远远超过了自

121

己的导师穆尔，而且也超过了大哲学家罗素。一天，穆尔拜访罗素，问："知道和维特根斯坦比较起来，我们为什么落伍了吗？"

罗素听了，静静思忖了一会儿，回答说："因为我们提不出疑问了，而维特根斯坦却还有一大堆的疑问。"

■李雪峰

智慧悟语

那些脑海中不停浮现疑问的人，证明他的大脑在不停地运作思考。不耻下问的人，也许他会无知五分钟，却能聪明一生；而耻于下问的人，也许他可以遮掩五分钟的无知，却要无知一生。只有学会提出自己的疑问，才能学到更多的东西。

念错了一个字

> 这种有了疑问认真解决，不辞劳苦而且一丝不苟的态度，如果运用到平时的学习上，再多的绊脚石，也能搬开。

1990 年，沙桐从北京广播学院毕业了。作为播音系的学生，沙桐很幸运地被分到中央电视台实习，他真希望自己能留在中央电视

台工作,然而,这谈何容易,到中央电视台实习的并不只他一个人。

北京广播学院到中央电视台相距二十多公里,每天早晨,沙桐5点多起床,6点多第一批离开学校。在赶着往城里上班的人群中,他是其中一个。顶着星星最晚回去的人群中,也有沙桐。不久后,沙桐开始播体育新闻。

4月份的一天,录了像,沙桐晚上8点多才回到学院。忽然,沙桐想起一个字:镐。那个时候韩国下棋的小伙子李昌镐还不是很有名。"镐"有两个读音,一个是"gǎo",另一个是"hào"。沙桐想,这个字有两个读音,就问师兄,这个字怎么读?师兄很果断地说:"李昌镐gǎo、李昌镐gǎo!"沙桐就跟着念:"李昌镐gǎo……"

回到学院,沙桐琢磨这事儿。买饭的时候,跟同学研究,同学说,应该念"hào"!沙桐说,我觉得也应该念"hào"!回到宿舍查字典,做地名的时候应该念"hào",没有注明做人名的时候应该念什么。他还是拿不准,又给一个老师打电话,老师给了他一个明确的回答:"念'hào'。"

坏了,念"gǎo"了,这怎么办?播音嘛,白字、别字、错字,一定要杜绝!上学的时候,都把一些播音员念白字、错字的经历当笑话讲呀。沙桐想,念错字让人当笑话讲也就罢了,正实习呢,出这么大一个错,这还得了!

饭也不吃了,就顶着大风往回赶。赶到电视台,已经是晚上9点50分了。"蹬蹬蹬"跑到三层的播音室,把录像带取出来,找到播出员,把"gǎo"改成了"hào",还不放心,一直看着播完,才放心地走了。

在电梯间,碰见了台长杨伟光。

电梯里就两个人。沙桐知道这是杨伟光台长:"杨台长,您好。"

"啊,小伙子,这么晚才走?"

沙桐回答:"有一个字念错了,我回来改一下。"

杨台长说:"你住哪儿啊?"

"住广院。"

"啊,蛮辛苦的嘛。"

"没办法,念错了字,就要回来改。"

"好好好,小伙子工作蛮认真。"

到了大门口,杨台长上了专车,沙桐挤上了公共汽车。

最后,在中央电视台实习的 5 个男生中,只留下了沙桐 1 个人。

智慧悟语

就是凭着那股对待工作极其认真的态度,沙桐为自己取得了竞争的胜利。这种有了疑问认真解决,不辞劳苦而且一丝不苟的态度,如果运用到平时的学习上,再多的绊脚石,也能搬开。

反抗权威的梁守磐

要想在学问上闯出一片天,就必须敢于质疑和挑战权威,敢于坚持自己的正确思想。

20 世纪 60 年代初,我国的工业和军事武器制造业经常要向苏联"取经",一些我们自己的产品,有时也要交给苏联的专家审核后

方能算是合格。

这一年,中国制造出一批发射导弹用的燃料,运到了发射基地。可苏联专家的化验结果却大大超出梁守磐等中国专家的预料。苏联专家说,由于燃料有问题,使用中国的推进剂发射,火箭就会有爆炸的危险,所以必须购买苏联的推进剂。

中国专家们非常希望能在这次发射试验中,试试中国自己生产的燃料。于是就与苏联专家交涉,建议使用中国的推进剂,如果发射失败,由中方承担责任。可苏联专家坚决不同意。

没有自己的推进剂,就根本谈不上发展中国自己的火箭事业。梁守磐拍案而起:"我们的产品经过化验,完全达到了资料上规定的标准,为什么不能使用?"好心人劝告他:"应当尊重专家的意见,否则出了问题不好交代。""我们的燃料不可能出问题。如果错了,我愿接受处分!"梁守磐坚定地回答。

一个星期后,问题的症结终于找到了。原来,苏联专家在计算时,将分析数据中的一项指标弄错了,这样算出的推进剂当然不能使用。

第二天,梁守磐向那位苏联专家指出了他所犯的错误。然而,那位专家却坚持自己是对的,还说:"你们中国人懂什么。"梁守磐忍住怒火,要用事实向那个专家证明。可是,那位专家恼羞成怒,竟然带着自己的专家团撤走了,把一个烂摊子留了下来。

面对这一压力,梁守磐毫不气馁,他对军队的司令说:"我担保,我们的推进剂百分之百合格。"在梁守磐的坚持和努力下,我国第一次在自己国土上用国产的燃料,成功地发射了一枚弹道导弹,写下了我国导弹发展史上的第一页。

但梁守磐心里清楚,这仅仅是个开始,要发展我国的火箭事业,不能总是跟在别人后面。在苏联专家撤走之前,梁守磐曾和同事们一起

提出过一个使用新型高能推进剂的方案,遭到了他们的否决:"这种东西不能使用,我们早就试过。它性能虽好,但有剧毒。"专家走后,梁守磐用不容置疑的实验结果证明了自己的方案,再一次获得了成功。

科学是无止境的,梁守磐在事业上的追求也是无止境的。他一直都在不懈地努力,在所谓的权威面前,始终坚持自己的正确看法,为我国火箭事业的发展作出了巨大的贡献。

智慧悟语

权威有时就像一座大山,高高在上,需要我们仰望。但有时候它会遮挡前方的风景,让我们的目光所及,只有它的世界。要想在学问上闯出一片天,就必须敢于质疑和挑战权威,敢于坚持自己的正确思想。

人猿同祖的争论

他的努力影响了无数的人,不断有人凭着坚强的信念为进化论的传播和发展作出贡献。

达尔文进化论认为,人的祖先是猿类。英国博物学家赫胥黎是他重要的支持者和理论发展者。赫胥黎在传播进化论的过程中,不

断考察实践,通过对比较解剖学的研究,进一步指出:人类和猿类是由同一个祖先进化而来的。

坚持进化论思想的赫胥黎,也不能幸免于宗教神学和学术界"权威"们的围攻。一次,牛津大学召开辩论会。赫胥黎作为达尔文的代言人,以"准备受火刑"的决心参加了会议。会议一开始,进化论的反对者、英国著名学者欧文,首先挑起争论,他面对挤在博物馆图书室里的近千名听众,以极其傲慢的口吻质问:"我要请问一下赫胥黎教授,按照你的关于人是从猴子演变而来的说法,跟猴子发生关系的,是你的祖父这一方,还是你的祖母那一方呢?"

对于这种蓄意的挑衅,赫胥黎予以了有力的驳斥:"一个人没有理由因为有猴子做他的祖父而感到羞耻。如果说什么样的祖先会令我感到羞耻的话,那就是想要用花言巧语和宗教教条来把真理掩蔽起来的人!"赫胥黎的发言,赢得了听众的阵阵掌声。经过激烈的争论,很多青年学生站到了进化论一边。因此,这场争论在客观上促进了进化论的传播,使人猿同祖论进一步得到了确立。

牛津大学辩论后,围绕建立在进化论基础上的人猿同祖论的斗争仍未平息。当时,宗教势力和保守的学术权威们,不甘心自己的失败,他们出版刊物,不断集会,大造声势,叫喊着"打倒进化论"、"粉碎达尔文"。有一次,竟有30位皇家学会会员与40位医学博士,联名发表宣言反对达尔文和赫胥黎。

但是,赫胥黎没有屈服,他仍然顶住巨大的压力,利用各种机会宣传进化论,让真理的光芒照到每一个人的心中。他的努力影响了无数的人,不断有人凭着坚强的信念为进化论的传播和发展作出贡献。今天,进化论已经被全世界广泛接受,如果没有赫胥黎等人顽强对抗权威和宗教势力的毅力和精神的话,也不会有今天的这种成果。

智慧悟语

　　真理一开始总是掌握在少数人手中的,于是常常遭到大多数人的围攻,但是时间会让真理闪光。那些一遇到压力便退缩,不敢再质疑,也不敢再思考的孩子,只能羡慕地看着不怕压力、坚持己见的孩子拿第一了。

巴甫洛夫的选择

　　为了帮助人,使人类变得更健康、聪明而又幸福。

　　巴甫洛夫是俄国生物学家,被人们誉为"生理学无冕之王"。1904 年,因为在消化系统研究上作出的贡献而获得诺贝尔生理学及医学奖。

　　巴甫洛夫的父亲是一个神父,在当地很受人们的尊敬。在小巴甫洛夫的心目中,父亲很了不起,能解除人们心灵的痛苦。于是,他曾经一度希望自己长大后成为父亲那样的人——用神赋予的力量去解除别人的痛苦。这也是家里人对他的期望。因此,他进入一所神学院学习。

　　但是,有一件事使他对上帝和神学产生了怀疑。

　　一次,父亲被人请去做祈祷,巴甫洛夫缠着也要去。这次,父亲

是给一个快要死去的孕妇做临终祈祷。孕妇因为消化不良快要死去了。她的肚子很大,痛苦得在床上大声呻吟。看到这种情景,巴甫洛夫静静地站在一个角落里,听着父亲祈祷,希望父亲的祈祷能解除病人的痛苦,甚至能让这个孕妇和她的孩子活下来。但是,父亲的祈祷并没有起到作用,孕妇和那个未出世的孩子一起死了。

从病人家里出来后,他问父亲:"爸爸,您能让她的病好吗?"

"不能。"爸爸回答。

"那有人救得了她吗?"

"那是医生的责任。我只拯救她的灵魂,她和自己的孩子去见上帝了,从此以后不会再有痛苦了。"

对于父亲的话,巴甫洛夫似懂非懂。他想:上帝为什么不让她在这个世界上多待几天呢?她死前为什么这样痛苦呢?"那是医生的责任",父亲的话一直在脑子里盘桓。

巴甫洛夫的父亲读书的兴趣很广泛,他除了读神学书籍,也喜欢非宗教神学内容的书刊,其中有各种自然科学的著作,也有民主主义者的革命刊物,为此,他被当地的教徒教士们指责为"自由思想家"。父亲的嗜好给孩子树立了榜样。父亲的破书架成了巴甫洛夫接触社会与自然知识的起点。十三四岁时,巴甫洛夫在家中的破书架旁广泛阅读了俄国的许多进步书刊,使他的知识大增,眼界大开,思想上也发生了很大的转变,他开始崇尚自然科学与民主精神。

15岁时,巴甫洛夫在旧书架上翻到了英国生理学家路易斯的一本著作《日常生活的生理学》,这本通俗读物中的内容深深吸引了少年巴甫洛夫,激起了他对生理学的极大兴趣。从此,巴甫洛夫便和生理学结下了不解之缘,他将那本小册子像藏宝贝一样珍藏了一生。

巴甫洛夫决定放弃神学,改学生理学。当他把这个决定告诉父

亲时，开明的父亲并没有因为儿子有违自己的初衷而斥责他；相反，父亲十分尊重他的选择。

"这样也好，那等你在神学院毕业后再转学吧！"父亲建议说。

"我不能浪费时间了，爸爸，我有很多事情急需知道。"巴甫洛夫坚定地回答。

"你急需知道些什么呢？"父亲问。

"我特别想知道，人体的构造是怎样的。"

"你为什么想要知道人体的构造呢？"

"为了帮助人，使人类变得更健康、聪明而又幸福。"巴甫洛夫热烈地回答。

"你很有胆量，你的想法更是勇敢。这个理想你能实现得了吗？"父亲关切地问。

"我已经下定决心了，爸爸，我会下苦功夫的。"

父亲明白儿子的话是经过深思熟虑的，于是立即站起来，高声说："好吧，爸爸祝你成功！"

一个穷教士家庭，就这样培养出一个科学巨人！

智慧悟语

疑问，很多时候是一刹那的灵光闪过，粗心的或者懒惰的人则将疑问抛诸脑后，细心的人则抓住不放，发现了宇宙万物更多的奥秘。疑问或许会让你的学习进度暂时缓慢，但攻克难题后却发现前面是更广阔的天空。

第 **7** 辑
方法，令学习事半功倍

学习的过程好比劈柴，学习规律就好比柴木的纹理。我们顺着纹理使劲，既能快速把柴劈好，又能省去很多力气。学习不应一味低头苦读，而应该开动脑筋探寻里面的规律，找到适合自己的、更高效的学习方法。掌握了学习的普遍规律和有效率的方法就像拥有锋利的斧子，会令我们的学习事半功倍。

Part Seven

安德鲁的拉丁语课

当我让安德鲁扮演领袖的时候，我一直盼望的奇迹出现了。

这是我上的第一堂课，教的是拉丁语。当我走进教室时，有几个孩子正在用纸团"打仗"。他们都听从安德鲁——一个 11 岁的非裔美籍男孩的指挥。

听到我来了，安德鲁转过头对我说："我们根本就不用说拉丁语，为什么要学它？纯粹是浪费时间。"

我出了一身冷汗。这样的孩子，我该怎样才能教好呢？

这是我参加暑期援教活动的第一天。暑期援教是美国 36 所公私高校发起的一项活动，目标是使国家边远地方的贫困儿童也能接受到一些基本教育。

在教室里备受煎熬，无论如何我必须要抓住安德鲁的注意力。我尝试了各种方法，从公开批评到私下谈话，但是没有任何效果。

第三个星期，我想起了我的拉丁语老师曾经教过的一个游戏：由一个学生扮演领袖，用拉丁语大声喊出他的命令，其他的学生和老师遵从他的命令。当我让安德鲁扮演领袖的时候，我一直盼望的奇迹出现了。他因为能命令老师"原地跳""向后转"而兴奋不已。有了这个协定，我就可以在教室外面教他学拉丁语的新词了，他也能

132

够在朋友面前命令他的老师"金鸡独立"。最终，安德鲁的拉丁语成绩越来越好。

暑期援教活动结束的前一天，我们和学生家长举行了一个见面会。见面会上，安德鲁的母亲感谢我，并告诉我说："安德鲁已经开始教他的弟弟学习拉丁语了。"

第二年的暑假，我又参加了暑期援教活动。当我重新回到那里时，我听到安德鲁说的第一句话是："今年还会有拉丁语课吗？"

■ 彭金平

智慧悟语

调皮好玩的安德鲁不喜欢拉丁语，老师想出了一个激发他学习拉丁语的好办法，结果使安德鲁爱上了拉丁语课。其实，老师讲课需要讲究方法，我们学习更要注重方法，好的学习方法可以让我们在短时间内就能取得不错的成绩。学习方法有很多种，只要我们多动脑筋，就能想出适合自己的高效的学习方法。

谁的方法正确

兔子沮丧着脸，耷拉着脑袋说："这究竟是怎么一回事？

兔子在小河边吃草，她看见许多乌龟正在举行赛跑比赛。冠军产生后，几乎所有的乌龟都围着那只最快的乌龟问这问那，询问跑步的秘诀。最快的乌龟说："要想跑得快，得勤于锻炼，还要有正确的训练方法。"

兔子听了，差点笑掉了大牙，她对在场的乌龟们说："你们要问赛跑的秘诀，还是来问我吧，我可以告诉你们怎样才能跑得比风还快。"乌龟们谁也不信自己跑起来比风快，一齐用疑惑的眼神望着这只兔子。

兔子说："不信，那就让我和你们中跑得最快的冠军比一比吧？"

一只乌龟插嘴说："你不是今年兔子赛跑比赛中的最后一名吗？"

兔子红着脸说："是的，不过我相信我这只最慢的兔子，也比你们中跑得最快的乌龟要快得多。不信我们试试。"

乌龟们答应了，让他们中跑得最快的乌龟，与这只跑得最慢的兔子举行了赛跑比赛。

比赛刚开始，胜负便见分晓了，最慢的兔子跑得真比风还快，一

眨眼工夫就到了终点。而那只最快的乌龟呢？还在起点一步一步地爬哩。

比赛终于结束了。许多乌龟见到了这个事实，争着想知道跑得快的秘诀。最慢的兔子说："每天哪，我就是吃吃草，睡睡觉。你们像我一样，一定也会跑得比风还要快。"

最快的乌龟也走了过来说："你虽然赢了我，但是你这种训练方法是错误的。我们乌龟要想跑得快，还得要勤于锻炼，注意方法才行。"

最慢的兔子说："那好吧，我们用各自的方法来训练乌龟，一个星期后看谁的训练方法正确。"

乌龟们都表示赞同。

于是，最慢的兔子每天训练她的乌龟徒弟吃草睡觉，最快的乌龟则每天训练他的乌龟徒弟跑步练习。

时间到了，兔子的徒弟和乌龟的徒弟对抗比赛开始。

兔子的徒弟跑得比蜗牛还要慢；乌龟的徒弟跑得虽然也很慢，但比起兔子的徒弟来，不知道要快多少倍。最后，乌龟的徒弟赢得了胜利。

兔子沮丧着脸，耷拉着脑袋说："这究竟是怎么一回事？"

■ 海 星

智慧悟语

正确的方法是学习的捷径，但是这方法必须和自己的实际情况相符，否则在别人那里是捷径的方法，到了自己这里并不能对我们有所帮助。

学会学习

我咀嚼过的苹果,你当然知道不能吃;但为什么又想要学会我所有的智慧呢?你难道真的不懂,所有的学习,都必须经过你本人亲自去咀嚼。

有一个学生诚惶诚恐地来请教他的老师,问:"老师,请问我要怎样做,才能够学会您所有的智慧呢?"

老师是一位深具智慧的大师,他听到学生这样的问题,笑了笑,反问学生说:"那么,你认为应该怎么样,才能够学会我所有的智慧呢?"学生想了想,立刻说:"我以为,老师最好能够一次教会我所有智慧的关键,让我能够完全了解老师所了解的事情!"

大师又笑了笑,从桌上拿起了一个苹果,放到嘴边,大大地咬了一口。大师望着他的学生,口中不断咀嚼着苹果,不发一言。

过了好一会儿,大师才又张开嘴,将口中已经嚼烂的苹果,吐在手掌当中。大师伸出手,将已嚼烂的苹果拿到学生的面前,然后对着他的学生说:"来,把这些吃下去!"

学生惊惶地说:"老师,这……这怎么能吃呢?"

大师又笑了笑,说:"我咀嚼过的苹果,你当然知道不能吃;但为什么又想要学会我所有的智慧呢?你难道真的不懂,所有的学习都

必须经过你本人亲自去咀嚼？"

智慧悟语

古人云："与其临渊羡鱼，不如退而结网。"意思就是说，与其站在水边，盼着鱼儿到手，还不如回去花工夫结好渔网，这样就不愁得不到鱼了。有明确的目标虽然重要，但如果并不为实现目标去付出努力，目标将只是不切实际的空想。

从倒数第一到名列前茅

> 实际上人确实是各有所长，有自己最喜欢和最适合做的事，只有明白这一点，人才能最大程度地挖掘自己的潜力，才能干出一番成就。

50多年前，在英国牛津市的一所小学校里，有一个学习很差的学生，在班里的成绩排名经常是倒数第一，什么拉丁文啦，数学啦，法语啦，他总是只得3分；谁也没有想到，50多年后，他会站在瑞典斯德哥尔摩的大厅里，领取2001年的诺贝尔生理学奖和医学奖。他曾笑着说："小时候分数差，不必自卑，它不能决定一个人的一生。"

这个人就是英国生物学家蒂姆•汉特。他因1982年发现了在细

胞分裂过程中对细胞分裂周期起控制作用的一种蛋白，而荣获 2001 年诺贝尔生理学奖和医学奖，据说他的研究对人类最终攻克癌症难关将起到很大的作用。

一个小时候成绩很差的学生，为什么最终能成为一名成绩卓著的科学家呢？许多人都想知道其中的奥秘。用汉特博士自己的话来说，就是："我清楚自己喜欢什么，适合什么。"

汉特是在牛津大学的校园里长大的。牛津大学的科普环境非常好，各系经常举办科普讲座，谁都可以去听，汉特经常是第一个到场。在纪念达尔文进化论发表 100 周年时，生物系举办了各种讲座，讲物种起源，讲人体的新陈代谢。这些讲座深深地迷住了汉特，他觉得生物体真是太奇妙了。对生物学的浓厚兴趣，使得汉特在学习上出现了明显的偏科，他的生物课成绩是班上最好的，而拉丁语较差，数学呢，简直是一团糟。

偏科尽管不好，但汉特还是"因祸得福"，因为他并不是由于讨厌哪门课而不好好学，或者是放弃，他只是自然而然地学，各门功课都没有特别下工夫。这样一来，他反而清楚了自己究竟喜欢什么，适合什么。比如，他在中学时就知道自己不是搞数学和物理的材料，他曾开玩笑说："我 11 岁就成为拉丁文极差的生物学家。"

考上了剑桥大学生物化学系之后，汉特就一头扎进了自己所喜欢的专业中，学了个痛快。而此时，剑桥大学的不少学生还不知道自己适合干什么，能够干什么，因此还在犹豫和选择。而汉特却从没怀疑过自己的志向。

汉特很明白，如果一个人不清楚自己适合做什么，别人往往不会给他指出来。即便一个学生的某一门课很差，人们出于好心，也总会鼓励他"加把劲儿，你也能行"。实际上人确实是各有所长，有自己

138

最喜欢和最适合做的事，只有明白这一点，人才能最大程度地挖掘自己的潜力，才能干出一番成就。

可是很多年轻人确实不清楚自己的所长所短，不知道自己究竟适合干什么。怎么办呢？汉特说："那你就去做各种各样的事，不要光闷在教室里读书，要通过广泛的活动来确定自己的爱好和特长。"

智慧悟语

现在的课程不少，很多学生都是跟着课本茫然地接受"填鸭式"的教学，而不知道自己该怎样学习。其实学习首先要认清自己喜欢什么，定好目标。有了方向和计划，就能按步骤一步一步地抵达目标了，就像航行在黑夜里的船，只要一直朝着灯塔的指引前进，最后总能靠岸。

博览群书造就的科学家

我们手头上掌握的知识越多，我们的创造性就会越强，知识按照不同的方式加以组合，就会产生不同的作用。

道尔顿是英国伟大的科学家，他提出了著名的"道尔顿原子论"，被认为是近代化学基础理论的奠基者。

　　小时候,由于家里很穷,道尔顿 13 岁就辍学了。不过少年时期的道尔顿并没有放弃学习,而是找同学借来课本,在家里自学。由于道尔顿善于动脑筋,他的学习进度比同学还快。他有一位亲戚爱好自然科学,道尔顿就向他学习数学、物理知识。后来,道尔顿自己开设了一所学校,他不仅负责教学生的功课,而且还利用一切时间刻苦读书。

　　1781 年,道尔顿到一所学校当老师,这是一所很简陋的学校,但是图书馆里却堆满了书。道尔顿看到书架上有这么多书,兴奋极了。从此,天天坚持不懈地读书,攻读数学知识,努力培养自己运用数学方法分析科学问题的能力。在这段时间里,他还学习天文,观测天气。

　　道尔顿兴趣广博,阅读了大量书籍,并能够学为己用。他的读书方法很有独到之处。

　　第一个特点是书本知识和实验相结合,这使他能够做到学以致用。

　　第二个特点是他视野开阔,对自然科学和社会科学方面的书都广泛阅读,对哲学著作尤其倾心,这给他的思想方法带来了很大益处。他认为,博览群书,即使看不属于自己研究范围的著作,也大有益处。因为这样,不仅开阔思维,而且能让自己的见识更宽广,知识之间在某种程度上是相通的,融会贯通,方能在自己熟悉或不太熟悉的领域里有所收获。正是这种博览群书的方法使道尔顿视野开阔,知识渊博,后来终于成为伟大的科学家。

智慧悟语

我们手头上掌握的知识越多，我们的创造性就会越强。但在掌握知识的过程中，需要我们把知识按照不同的方式加以组合，这样才会产生不同的作用，我们要想成为一个综合型人才，就必须先掌握把知识组合的方法。

学会聆听

借着别人的成功经验，再加上我们的勤奋实践，可以缩短学习的过程，快速地掌握成功的经验，从而更快地获得成功。

小猫长大了。

有一天，猫妈妈把小猫叫来，说："你已经长大了，三天之后就不能再喝妈妈的奶了，要自己去找东西吃。"

小猫惶惑地问妈妈："妈妈，那我该吃什么东西呢？"

猫妈妈说："你要吃什么食物，妈妈一时也说不清楚，就用我们祖先留下的办法吧！这几天夜里，你躲在人们的屋顶上、梁柱间、陶罐边，仔细地倾听人们的谈话。他们自然会教你的。"

第一天晚上，小猫躲在梁柱间，听到一个大人对孩子说："小宝，把鱼和牛奶放在冰箱里，小猫最爱吃鱼和牛奶了。"

第二天晚上，小猫躲在陶罐边，听见一个女人对男人说："老公，帮我一下，帮我把香肠和腊肉挂在梁上，小鸡笼子关好，别让小猫偷吃了。"

第三天晚上，小猫躲在屋顶上，从窗户看到个妇人唠叨自己的孩子："奶酪、肉松、鱼干吃剩了，也不会收好，小猫的鼻子很灵，明天你就没得吃了。"

就这样，小猫每天都很开心，它回家告诉猫妈妈："妈妈，果然像您说的一样，只要我仔细倾听，人们每天都会教我该吃些什么。"

靠着倾听别人的谈话，学习生活的技能，小猫终于成为一只身手敏捷、肌肉强壮的大猫。

智慧悟语

聪明的人都是善于聆听的，因为那是一种有效的学习方法。借着别人的成功经验，再加上我们的勤奋实践，可以缩短学习的过程，快速地掌握成功的经验，从而更快地获得成功。

一年才读一本书的学问家

> 徐特立先生主张读书应当由少到多，积少成多，循序渐进。他是这么说的，也是这么做的，这也是他取得突出成就的原因。

　　著名教育家、革命家徐特立，读书从不贪多图快，而是注重实效。他认为，与其用读一本书的时间，马马虎虎地读 10 本书，不如用读 10 本书的时间，老老实实地去读一本书，把这本书读得字字分明，句句通透。

　　当年徐特立先生曾经刻苦攻读过《说文解字》。这部书是 1800 多年前东汉人许慎编写的，是我国有史以来第一部系统分析字形和考究字源的字典，共收有 9000 多个字，字体都是用篆籀古文写成的，阅读起来非常困难，字形读音都非常的难记。但是，研究中国古代文学、文字学等学问，这又是一本不能不会的重要工具书。怎么办？掌握它！为了攻下这个难题，徐老给自己制定了一个学习计划：每天只学两个到三个字。他白天研究学习这两三个字，晚上睡觉时用右手食指在左手掌心里默写白天学过的字，直到熟练了再学下一个字。《说文解字》一书共有 540 个部首，他每天坚持读两个到三个字，就这样积少成多，花了一年的时间终于把这本十分难啃的书读完。

徐老在 43 岁时才开始学习外文，他也是采用同样的方法。他给自己规定：每天学习一个生词，一个基本句型。这样，他一年就牢牢记下了 365 个基本词汇，365 个基本句型。经过几年的努力，他用这种由少到多的学习方法，掌握了法文、德文和俄文等好几种外国语言。他说："我读书的办法总是以'定量'、'有恒'为主。不切实际地贪多，既不能理解又不能记忆。要理解，必须记忆基本的东西，必须经常'量力'才成。"

徐特立先生主张读书应当由少到多，积少成多，循序渐进。他是这么说的，也是这么做的，这也是他取得突出成就的原因。从他成功的学习经验中，我们应该受到许多有益的启发。

智慧悟语

知识的掌握其实是一个积少成多、循序渐进的过程，并不完全在于学习的速度和数量，更在于学习的效果。读书的速度再快，数量再多，如果没有把书中的知识变成自己的知识，读书的整个过程就是在浪费时间。

不动笔墨不读书

学习是一个积累知识的过程，这就好比蜜蜂采蜜，点点滴滴的蜂蜜，都是长期的勤勉和坚持不懈的结果。不断积累，涓涓细流也能汇成大江大河。

毛泽东从小就喜欢读书，他总是利用劳动间歇读书，有时白天干活儿，晚上读书，这使他养成了挤时间读书的好习惯。后来，他参加革命，一直很忙，可他总是挤出时间，哪怕是分分秒秒，也要用来看书学习。在下水游泳之前活动身体的几分钟里，有时还要看上几句名人的诗词。上厕所的几分钟时间，他也从不白白地浪费掉。一部重刻宋代淳熙本《昭明文选》和其他一些书刊，就是利用这些时间，今天看一点儿，明天看一点儿，断断续续看完的。即使外出开会或视察工作，途中列车震荡颠簸，他也全然不顾，总是一手拿着放大镜，一手按着书页，阅读不辍。晚年的时候，他虽重病在身，仍坚持阅读。有一次，毛主席发烧到39度多，医生为了保护他的身体，不准他看书。可他难过地说："我一辈子爱读书，现在你们不让我看书，叫我躺在这里，整天就是吃饭、睡觉，你们知道我是多么的难受啊！"工作人员不得已，只好把拿走的书又放在他身边，他这才高兴地露出笑脸。

毛主席读书十分讲求效果。几十年来，毛主席每阅读一本书，一

篇文章，都要在重要的地方画上圈、杠、点等各种符号，在书眉和空白的地方写上许多批语。有的还把文中精当的地方摘录下来或随时写下读书笔记，心得体会。毛主席所藏的书中，许多是朱墨纷呈，批语、圈点、勾画满书，直线、曲线、双直线、三直线、单圈、双圈、三角、叉叉等符号比比皆是。他在读《韩昌黎诗文全集》时，除少数篇章外，都一篇篇仔细琢磨，认真钻研，从词汇、句读、章节到全文意义，哪一方面也不放过。通过反复诵读和吟咏，韩集的大部分诗文他都能流利地背诵。他看过的《红楼梦》的不同版本差不多有10种以上。一部《昭明文选》，他批注阅读过的版本，现存的就有三种之多。一些马列、哲学方面的书籍，如《联共党史》、《共产党宣言》、《资本论》、《列宁选集》等，他都反复研读过，许多章节和段落还做了批注和勾画。

毛泽东的读书兴趣十分广泛，包括哲学、政治、经济、历史、文学、军事等社会科学甚至一些自然科学方面的书籍。他提倡"古为今用"，"洋为中用"，在他的著作、讲话中，常常引用中外史书上的历史典故来生动地阐明深刻的道理。他也常常借助历史的经验和教训来指导和对待今天的革命事业。他是一位真正博览群书的人。

智慧悟语

学习是一个积累知识的过程，而知识的积累不是一天两天就能完成的。这就好比蜜蜂采蜜，点点滴滴的蜂蜜，都是长期的勤勉和坚持不懈的结果。不断积累，涓涓细流也能汇成大江大河。

每天写两页

学习有两个重要的方法，一个是积少成多，另一个是化整为零。

几年前，肯尼斯与书商签订合同写一本书，这可是他第一次写书。肯尼斯总共有 6 个月的写作时间，所以，在这半年的工作日程表上，他每天都写着"写书"两个字。

但是 6 个月很快就过去了，肯尼斯的书并没有写出来。这样，书商只好再给他 3 个月的时间。在这 3 个月的时间内，肯尼斯的工作日程表上仍然天天写有"写书"两个字，但书却还没有写出来。最后，书商无可奈何地又给了他 3 个月时间，不过这次要是再写不出来，那可就要撕毁合同了。肯尼斯发愁："这可怎么办呢？"

幸运的是，肯尼斯遇到了《服务于美国》一书的作者卡尔·阿尔布雷希特，他给了肯尼斯一个建议——要化整为零。阿尔布雷希特问肯尼斯："你总共要写多少页书？"

肯尼斯说："180 页。"

阿尔布雷希特又问："你总共有多少写作时间？"

"90 天时间。"

阿尔布雷希特说："很简单，只要你在工作日程表上写上'今天写两页'就行了。"

　　从此，肯尼斯每天写两页，要是顺利的话，他一天可写上四五页，但不管是哪一天，他至少会写出两页来。就这样，在阿尔布雷希特的指导下，肯尼斯仅用了一个月的时间就写出了这本书。

智慧悟语

　　学习有两个重要的方法，一个是积少成多，另一个是化整为零。点点滴滴的知识积累起来就能构成我们丰富的知识结构；复杂的大知识，是由许多简单的小知识构成的，攻克每个小知识，就等于掌握了复杂的大知识。

第❽辑
专心致志做好一件事

古时候，赵王拜了一个驾车高手为师，学习了几个月后要和高手比赛驾车，结果连输三盘。赵王很不高兴，认为高手留了一手。高手说："我把技术全都交给了您。只不过在比赛时，我一心一意注视马车，而您的注意力却在我这儿，比我快了怕我追上我，比我慢了想追上我，心神不集中，怎能不输。"非凡的专注力造就非凡的专家。如果我们学习能像激光一样，把所有能量集中在一个极微小的点，我们就能拥有切割钻石的力量。

专心致志做好一件事

> 李阳有一句"格言"："I enjoy losing face！"（我喜欢丢脸！）他的经历就是一个专心致志做好一件事的范例。

李阳现在已经成为中国英语教育界杰出的人士，可能有很多人还不知道，李阳的过去是令他"不堪回首"的——

他少年时代是一个很内向的人，用最常见的话说是"怕生"。他已经十几岁了，亲戚朋友还很少了解李家有这样一个孩子，用"丑小鸭"来形容他是最恰当的。比如，只要听到电话一响，他就会躲起来；他看电影之后，父亲总是要他复述电影的内容，李阳为了逃避此事，宁愿多年不看自己喜欢看的电影。

有一次他患了鼻炎，父母送他到医院去治疗，在进行电疗的时候，由于医疗设备意外漏电而烧伤了他的脸。由于害羞，他忍住痛苦，没有及时告诉别人，至今脸上还有一块小伤疤。

他说，小的时候最害怕的事情就是完成不了作业，因此，经常被老师罚站，每次都只好低声认错，可是第二天又故技重演。

值得庆幸的是，李阳多次向父母提出退学，父母没有同意，所以没有退成，勉强熬到了高中毕业，居然还考上了兰州大学力学系——看来他并不蠢。可就是在大学里，李阳还是浑浑噩噩的，没有

改变自己的形象。按照学校规定,旷课 70 节就要被勒令退学,可是他很快就超过了 100 节,因此差点儿被兰州大学请出校门。

大家都想不到,今天的英语教师当年曾经是连"60 分万岁"都达不到、常常都要补考才能过关的人。

大学二年级的时候,他必须参加全国英语四级考试,这次他被逼上了梁山,不得不打起精神,每天早上都去学习英语。为了集中精力,他干脆跑到兰州大学校园里的烈士亭放开喉咙大声背诵起来。这一声大喊不要紧,喊出李阳的灵感来了:这样不仅不容易思想开小差,效果还不错!

他就这样"吼"了几个星期,居然还"吼"出了信心!胆子大了,他开始去学校的英语角,说出来的英语居然还像模像样的。知道他底细的同学都感到惊奇,急忙向他"请教"绝招。李阳此时已经隐隐约约地感到这可能是一种奇妙的办法,虽然说不出什么,但是他决心这样"吼"下去。

从此以后,只要有时间,李阳就像疯子那样在烈士亭等地方专注地大喊大叫,不管是刮风还是下雨,不管是冬天还是夏天。有时候,为了增加自己的胆量,他居然穿着 46 号的特大美国劳工鞋、肥大的裤子,戴着耳环,在全国重点大学的兰州大学里声嘶力竭地喊叫。

不管别人怎么看,他依然是我行我素。他就这样复述了 10 本左右英文原著,在大学英语四级考试中得了个第二。最令他恐惧的英语给他带来了成功的喜悦,他的疯狂故事就这样走出兰州大学,走出甘肃,走向全国。

李阳有一句"格言":"I enjoy losing face!"(我喜欢丢脸!)他的经历就是一个专心致志做好一件事的范例。

Part Eight

智慧悟语

专心致志是胆怯的克星,是成功的启明星。当集中精神去做一件事时,你就会忘记周围的一切,将所有的顾虑抛之脑外,包括别人的眼光、自己内心的畏惧等等,驱走了外界的干扰,成功就会慢慢向你走来。

一次只做一件事

我觉得我并没有和公众打交道,我只是单纯处理一位旅客。忙完一位,才换下一位,在一整天之中,我一次只服务一位旅客。

世界上,最繁忙的地方可能要数只有 10 平方米的纽约中央车站问询处。每天,那里都是人潮汹涌,匆匆的游客都争着询问自己的问题,都希望能够立即得到答案。对于问询处的服务人员来说,工作的紧张与压力可想而知,他们的思维要飞快地转动,嘴巴要随时保持运动,吐字要清晰。所以,倦怠总是写在他们脸上。可柜台后面的那位服务人员看起来一点儿也不紧张。他身材瘦小,戴着眼镜,一副文弱的样子,显得那么轻松自如、镇定自若。难道他不忙吗?不是的,

在他身后同样站着一大排人。他一个一个地应付着。

现在,在他面前的旅客,是一个矮胖的妇人,头上扎着一条丝巾,已被汗水湿透,脸上充满了焦虑与不安。问询处的先生倾斜着上半身,以便能倾听她的声音。"是的,你要问什么?"他把头抬高,集中精神,透过他的厚镜片看着这位妇人,依旧是那么沉着,"你要去哪里?"

这时,妇人身后那位穿着入时,一手提着皮箱,头上戴着昂贵的帽子的男子,试图插话进来。但是,这位服务人员却旁若无人,只是继续和这位妇人说话:"你要去哪里?""春田。"

"是俄亥俄州的春田吗?""不,是马塞诸塞州的春田。"

他根本不需要行车时刻表,就说:"那班车是在 10 分钟之内,在第 15 号月台出车。你不用跑,时间还多得很。"

"你是说 15 号月台吗?""是的,太太。"

女人转身离开,这位先生立即将注意力转移到下一位客人——戴着帽子的那位身上。他们之间的谈话依然简短、急促却平稳。但是,没多久,那位太太又回头来问了一次月台号码。"你刚才说是 15 号月台?"这一次,这位服务人员集中精神在下一位旅客身上,不再管这位头上扎丝巾的太太了。

有人请教那位服务人员:"能否告诉我,你是如何做到并保持冷静的呢?"

那个人这样回答:"我觉得我并没有和公众打交道,我只是单纯处理一位旅客。忙完一位,才换下一位,在一整天之中,我一次只服务一位旅客。"

智慧悟语

人的一生，无论是工作还是学习，往往会同时遇到许多问题，只有集中精力，逐一地突破，才会学有所成。如果精力分散，那么对每件事都会感到力不从心，最后只会导致全面失败。

做好值得你去做的事情

> 做好自己的事，不是三心二意地走过场，而是安安心心地去做好自己的职责，努力做到最好。

沃尔特·克朗凯特是世界新闻业中一个让人们熟悉的名字，是美国著名的电视新闻节目主持人，他从孩提时代起就开始对新闻感兴趣，并在 14 岁的时候，成为学校自办报纸《校园新闻》的小记者。

学校为了把报纸做得更好，就和报社联系，请报社的编辑来学校上课，弗雷德·伯尼先生就是被请来的编辑老师，他是休斯敦市一家报社的新闻编辑，每周都会到克朗凯特所在的学校讲授一个小时的新闻课程，并指导《校园新闻》报的编辑工作。

有一次，克朗凯特负责采写一篇关于学校田径教练卡普·哈丁

的文章。由于当天有一个同学聚会,于是克朗凯特敷衍了事地写了篇稿子交上去。

第二天,弗雷德把克朗凯特单独叫到办公室,指着那篇文章说:"克朗凯特,这篇文章很糟糕,你没有问他该问的问题,也没有对他作全面的报道,你甚至没有搞清楚他是干什么的。"

接着,他又说了一句令克朗凯特终生难忘的话:"克朗凯特,你要记住一点,如果有什么事情值得去做,就得把它做好。"

沃尔特•克朗凯特被老师批了一顿,虽然很难受,但是老师说的话很受用,在此后七十多年的新闻职业生涯中,克朗凯特始终牢记弗雷德先生的训导,对新闻事业忠贞不渝。

智慧悟语

做好自己的事,不是三心二意地走过场,而是安安心心地去做好自己的职责,努力做到最好,尽善尽美。如果得过且过,敷衍了事,失去的不仅仅是别人的信任,更是自我能力的荒废与流失。

Part Eight

同样的聪明，不同的成绩

> 人在这里，心却记挂着他方，一心多用，即使你非常聪明，也无法摘取成功的果实。

　　从前，有个名叫弈秋的人，他的棋艺水平闻名全国。每隔两年，弈秋大师都招收两名徒弟，这一次，他的徒弟是两个年轻小伙子，一个叫东木，一个叫西木。

　　弈秋讲棋有个习惯，总是闭着眼睛讲解，用手摸着棋子出招儿，并不监督徒弟们学习的态度，全凭他们的自觉来掌握棋艺。

　　开始时，东木和西木都能够全神贯注地听老师讲课，有时，两个人还时不时打断弈秋的讲解，提出各种疑问。晚上回到住宿的地方，两人往往兴致未尽，在院子里继续切磋棋艺，两个人的水平不相上下，都进步很快。

　　一年后，东木和西木回家看望。经过一片林子时，他们恰好看到一个英俊的猎人，拉弓搭箭，一下子射落一只正在高飞的老鹰。这情景深深地吸引了西木，给他留下难忘的印象。

　　回到老师身边，东木和西木学棋的态度有所不同了。东木学棋的兴致越来越浓，西木却感到整天学棋太枯燥了。东木听老师讲解棋谱时，专心致志，用心去领会老师说的每一句话。西木呢，他对猎

156

鸟更感兴趣,总惦记着,老鹰是不是正在天上飞呢。有时,他还隐隐约约地似乎听到了老鹰的叫声,眼前不时浮现猎人射鹰的英姿。

又一年过去了,东木和西木学艺期满。弈秋让两位徒弟对弈,检验他们的棋艺。结果呢,当然是东木棋艺高出一筹,把西木"杀"得落花流水。

弈秋大师看完两位徒弟的棋局,感慨地说:"初学时,我闭目教棋时听你们两人的问答,我认为你们同样的聪明;后来,我闭目教棋时只听到东木一个人的问答,西木的心已经飞走了,所以我明白了:东木才是我真正的徒弟。"

智慧悟语

人在这里,心却记挂着他方,一心多用,即使你非常聪明,也无法摘取成功的果实。就比如学习,人在教室,心系球场,心神分散是永远取得不了好成绩的。只有干一项专注一项,才会有所成功。

有为有不为

每个人的精力都是有限的,有所不为才能有所为,只有把有限的精力集中到一点上,才能干出一番事业。

有位青年人,非常刻苦,可事业上却收效甚微,为此他很苦恼。

有一天，他找到昆虫学家法布尔说："我不知疲倦地把自己的全部精力都花在了事业上，结果收获却很少。"

法布尔同情、赞许地说："看来你是一个献身科学的有志青年。"

这位青年又说："是啊！我爱文学，我也爱科学，同时，对音乐和美术的兴趣也很浓，为此，我把全部时间都用上了。"

这时，法布尔微笑着从口袋里掏出一块凸透镜，做了一个"小实验"让这位青年看：当凸透镜将太阳光集中在纸上一个点的时候，很快就将这张纸点燃了。

接着，法布尔对有些惘然的青年说："把你的精力集中到一个点上试试看，就像这块凸透镜一样！"

这位青年恍然大悟，由此受到很大的启发。

每个人的精力都是有限的，有所不为才能有所为，只有把有限的精力集中到一点上，才能干出一番事业。这个道理虽然通俗易懂，但如果用语言表达，则很容易平淡和一般化。法布尔借用凸透镜能将太阳光集中起来并点燃纸张的现象来说明，有所不为和集中精力的重要性，既明白易懂，又形象生动。

其实，不仅初出茅庐的年轻人容易犯忽视有所不为和集中精力的毛病，而且有所专长的人也容易犯这个毛病。

有一天，19世纪德国著名画家阿道夫·门采尔耐心地倾听一位画家诉苦。那位画家说："我真不明白，为什么我画一幅画只需一天时间，可卖掉它，却要等上一年。"

门采尔认真地回答："亲爱的！请你颠倒过来试试吧！要是你花一年工夫去画它，那在一天里准能卖出去！"

"请你颠倒过来试试吧！"门采尔的这句话，巧妙地揭示了一天画完的画往往得需一年才能卖出去，而一年画完的画则往往只需一

天就能卖出去的规律性,说明了有所不为才能有所为,只有把有限的精力集中到一幅画上,才可能创造出为人们喜爱的佳作。

人无所舍,必无所成。一方面,要善于集中精力,抓住机会,做好可以做好的重要的事情;另一方面,又要善于舍弃不重要的事情或暂时不宜做的事情。"知足知不足,有为有不为。"这句老话讲的正是这个道理。

■蒋光宇

智慧悟语

到处忙碌,看起来付出了很大的努力,却收效甚微。懂得取舍,懂得分清轻重缓急、有的放矢,才会劳有所获。懂得选择,辛勤的汗水才会凝聚成闪亮的珍珠;面面俱到,辛苦得来的只是四散的沙子。

专注自己的电影梦

> 只有找到自己的人生梦想,专心于自己的奋斗目标,才会攻克难关,顺利到达理想的国度。

史蒂芬·斯皮尔伯格在 36 岁时就成为世界上最杰出的制片人,世界电影史十大卖座的影片中,他个人囊括四部。如此年轻就取得此等成就,他是如何做到的呢?他的故事实在耐人寻味。

斯皮尔伯格在十二三岁时就坚定地认为:有一天他要成为电影导演。事实上在以后的岁月里,他都一直专注于这个目标,从未放弃,直到成功。在他 17 岁那年的某天下午,当他参观环球制片厂后,他的一生改变了。那可不是一次不了了之的参观活动,在他得窥全貌之后,当场他就决定要怎么做。他先偷偷摸摸地观看了一场电影的实际拍摄,再与剪辑部的经理长谈了一个小时,然后结束了参观。

对许多人而言,故事就到此为止,但斯皮尔伯格可不一样,他有个性、有思维,他知道他要什么。从那次参观中,他知道得改变做法。

于是第二天,他穿了套西装,提起他父亲的公文包,里头塞了一块三明治,再次来到摄影现场,装出他是那里的工作人员。当天,他故意避开大门守卫,找到一辆废弃的手拖车,用一块塑胶字母,在车门

上拼成"史蒂芬·斯皮尔伯格"、"导演"等字。然后他利用整个夏天去认识各位导演、编剧、剪辑,终日流连于他梦寐以求的世界里,从与别人的交谈中学习、观察,并激发出越来越多关于电影制作的灵感来。

在 20 岁那年,他终于成为正式的电影工作者。他在环球制片厂放映了一部他拍得不错的片子,因而签订了一纸 7 年的合同,导演了一部电视连续剧。他的梦想实现了。

智慧悟语

经常改变自己的理想,今天想当政治家,明天想做科学家,朝三暮四,只会迷失自我,一事无成。只有找到自己的人生梦想,专心于自己的奋斗目标,才会攻克难关,顺利到达理想的国度。

忘了自己的人

有时候,你忘掉的是环境的存在,眷顾你的是事业的辉煌、学业的有成。

安培是美国的一位科学家。

有一次,安培在街上走着,脑子里还在想着一个计算题。街上有些什么,他全没在意。想啊想啊,智慧的火花一闪,想到了计算的方法,心里可高兴了!他马上掏出经常装在衣袋里的粉笔。这时,也真巧,前面猛地出现了一块"黑板"!他不管三七二十一,就在上面演算起来。咦!这"黑板"怎么一直往后退呀?安培心里觉得挺奇怪。但他顾不了这些,只是一步一步地紧跟着"黑板",边跑边在上面演算着。等到算出结果,他已经累得气喘吁吁的了。抬头一看,啊!那"黑板"原来是一辆行驶着的马车!这时他才发现,马路两旁的行人,都以惊奇的目光望着他,还以为他是个疯子呢!

安培希望别人不要在自己工作的时候来打扰他,而把时间浪费在闲谈上。于是,他想了个办法,在实验室门上贴了张纸,上面写着一句话:"安培先生不在家。"

有一天,安培为了研究一个问题,要到图书馆去找资料。当他回到实验室时,抬头看见门上那句话,就自言自语地说:"噢,安培先生不在家。"于是又转身走了。

安培由于在从事科学研究的时候常常达到入迷的程度,所以后来他在电学方面有了许多重要的发现。

智慧悟语

当你对某一件事非常投入、忘情地去追求时,所有的一切都将成为你翱翔的平台,助你飞越理想的高峰。有时候,你忘掉的是环境的存在,眷顾你的是事业的辉煌、学业的有成。

写在车厢上的公式

> 忘我的精神、专注的力量,没有谁能阻挡得了成功的脚步。

那是 1926 年。

某天深夜,冯·卡门和他的学生弗兰克正在紧张地运算着,那是从曲线推导出数学方程。忽然,他们想起开往亚琛的电车只有最后一班了,便像从梦幻中惊醒一般,急匆匆朝伐尔斯车站赶去。

在人声嘈杂的车站里,冯·卡门还在思索他那组迷人的数学方程。也不知什么原因,拨动了他的灵感心弦,一种所谓紊流结构数学公式便在他脑海中奇迹般出现。他兴奋极了,再也无法控制自己的激情,便马不停蹄地在停留的电车车厢上写起来。就这样,一行行数学方程像潮水般涌现出来,使他忘却了周围的一切,也忘却了站在一旁的弗兰克。

售票员静静地站在旁边,十分无奈地凝望着他们。她不时看看表,实在不能再等下去,便大声催促弗兰克上车。然而,沉醉在快速演算中的冯·卡门无法停下来,一面发疯似的继续推导方程,一面打招呼:"请再等一会儿!"时间分分秒秒地过去了。

售票员实在等不及,十分生气地喊:"走吧,教授先生!"说完,她就跳上车。紧接着,电车启动了。弗兰克这才跳上车,与冯·卡门匆匆告别。

不过，辛苦的却是弗兰克。他每到一站，便迅速跳下车，将写在车厢上的公式抄下来。就这样，一站站跳下来，一站站抄录，一直抄到亚琛。

冯·卡门写在车厢上的公式，成为他题为"紊流的力学相似原理"的论文。如今，他当年发现的这一紊流对数定律，已经成为各种飞行器阻力的计算工具，在喷气式飞机、火箭设计上得到应用。多年后，冯·卡门在他的自传中记录了这件有趣的故事。

智慧悟语

忘记了时间，忘记了空间，忘记了周围的一切，心中只有那一份对学习的执著，那一份对事业的热情。这种忘我的精神、专注的力量，没有谁能阻挡得了成功的脚步。当你抬起头，成功已悄然降临。

学习需要敏锐的观察力

有时机遇给我们的线索十分明显，但有时只是微不足道的小事，只有那些充满好奇心和敏锐观察力的人，才能看出小事的意义所在。达尔文曾经说："我没有自然界的理解力，甚至不及常人的智力，我只是善于从自然界转瞬即逝的现象中认真地观察、认真地思考而已。"

在看的过程中要多用脑

> 只有将眼前之物经思维的分析后，才能在抓住它最主要的外在特点的基础上，看透它的本质。

高尔基有一次和两个作家到那不勒斯的一家饭店就餐。坐定之后，他建议来一次观察比赛。大家约定对新进来的一位顾客进行瞬间观察，然后分别说一说观察所得的印象，看谁说得最准确、最细致。不一会，一位顾客推门而入。高尔基凝神注视了一下后，很快就掌握了他的主要特征：脸色苍白，身穿灰色衣服，一双手细长而且发红。

作家安德烈耶夫看得十分马虎，连衣服的颜色也说不对。

而另一作家布宁却观察得十分准确、细致，不仅看到他身穿灰色衣服，而且看到他佩戴着一副带小花的领带；不仅看到他双手细长且发红，还看到他小指的指甲不正常。他还根据此人的举止、神色，判断此人可能是个骗子。

大家向饭店的主人一打听，竟不出布宁所料。为什么布宁观察得这么细、这么准，连高尔基也甚为佩服呢？就是因为他在凝神观察的过程中，始终伴随着积极的思维，对观察对象进行敏锐地分析、比较与判断。

智慧悟语

观察是一个用眼睛看的过程，更是一个用大脑思考的过程，只是看，不思考，就只能看到事物的表面，那么给我们留下的印象也不深。只有将眼前之物经思维的分析后，才能在抓住它最主要的外在特点的基础上，看透它的本质。

强调观察力的柏济利阿斯

你们中间没有一个人善于观察，我伸进瓶子去的是中指，而伸进口里的却是食指，可是你们都当真去尝了。

现代化学方程式的创始人，铈、钍、硒三种元素的发现者柏济利阿斯曾在一次化学课上责备他的学生，说他们都是些庸才，不可能成为化学家，因为他们全都缺乏化学家的卓越观察力。学生们当然不服气，反问老师为什么如此信口开河不负责任地乱下定论。

柏济利阿斯听完学生的反驳后，心平气和地说："我们还是先做实验吧！至于我责备你们的根据，要等实验完毕才告诉你们。"

他从实验台上拿了一个装有液体的玻璃瓶，伸进一个手指，然后把手指伸进口里，用舌头品尝液体的味道。然后他把瓶子递给学

生,要求他们每个人都来鉴别一下这是什么溶液。柏济利阿斯强调指出,这种液体无毒,它的外表和臭气都不足为据,必须亲口尝一尝才能鉴别。每个学生都老老实实地按照老师的指点去做了,从他们尴尬的表情上可以看出老师给他们尝的绝不是什么美味。

半个小时过去了,没有一个学生能回答老师提出的问题。柏济利阿斯不禁哈哈大笑起来:"亲爱的同学们,你们上当了!我的责备是有根有据的。你们中间没有一个人善于观察,我伸进瓶子去的是中指,而伸进口里的却是食指,可是你们都当真去尝了。"

智慧悟语

最难以发现的问题,也可以靠认真观察去发现。我们往往就是缺乏观察的能力,所以才导致我们有太多的糊涂和困惑。如果能随时做好观察的准备,问题就会豁然开朗,很多事情也就会迎刃而解了。

玻璃瓶中的机遇

每一种成功都始于一双善于发现的眼睛,更始于执著探索的心灵。

别涅迪克博士是法国一家化学研究所的高级研究员。一次,在实

验室里，他准备将一种溶液倒入烧瓶，一不小心烧瓶"咣当"落在了地上。糟糕！还得费时间打扫玻璃碎片，别涅迪克博士有些懊恼。然而，烧瓶并没有破碎，于是他弯下腰捡起烧瓶仔细观察，这只烧瓶和其他烧瓶一样普通，以前也曾有烧瓶掉在地上，但无一例外全都破成了碎片，为什么这只烧瓶仅有几道裂痕而没有破碎呢？别涅迪克博士一时找不到答案，于是他就把这只烧瓶贴上标签，注明问题，保存起来。

　　不久后的一天，在别涅迪克博士走进实验室前，他看到一张报纸上报道说市区有两辆客车相撞，车上的多数乘客被挡风玻璃的碎片划伤，其中一辆车的司机被一块碎玻璃刺穿面部，玻璃进入口腔。别涅迪克博士一下子想到了那只裂而不碎的烧瓶。他走进实验室拿过那只烧瓶，只见那只烧瓶的瓶壁有一层薄薄的透明的膜。别涅迪克博士用刀片小心地取下一点儿进行化验。结果表明，这只烧瓶曾盛过一种叫硝酸纤维素的化学溶液，那层薄薄的膜就是这种溶液蒸发后残留下来的，遇空气后产生了反应，从而牢牢黏贴在瓶壁上起到了保护作用。因为无色透明，所以一点儿也不影响视觉。"如果这种溶液，用于汽车玻璃的生产中，以后再发生类似的交通事故，乘客的生命安全系数不是更有保障吗？"

　　别涅迪克博士因为这个小小的发现而荣登20世纪法国科学界突出贡献奖的榜首。

　　每一种成功都始于一双善于发现的眼睛，更始于执著探索的心灵。我们常常慨叹没有机遇，但许多时候，机遇来临时并不是敲着锣打着鼓，而是悄悄从你身边溜过。有心还是无意，是决定能否抓住机遇的关键。

寒　流

Part Nine

智慧悟语

对于一些奇怪的现象，如果只是感到有疑惑，而不去观察、不多加思考，那问题永远只是问题，得不到答案。善于观察是创造机遇的开端，细微之处会出现真知，最不显眼的地方会有科学，哪里都有待我们去细心发现。

詹森与显微镜

细看身边每一个奇妙的变化，它不应单单只是令我们感到新鲜，更应引发我们去追问、探索。

用肉眼观察世界，人们对许多事物都感到神秘莫测："干干净净"的水为什么喝了有时就会生病？人体血管里流动的液体到底是什么？人们渴望着能够将自己的眼睛延伸到微观世界中去。16 世纪末人类第一台显微镜的诞生，帮助人们进入到一个神秘的微观世界。

这台显微镜的诞生有这样一个故事：

在英国，有一对父子共同经营着一家眼镜店。

儿子詹森从小聪明伶俐,肯钻研,好动手。磨制玻璃的沙沙声,曾无数次激起他美好的幻想;透过一块块明亮的玻璃,也使他看到了许多奇妙的世界,使他了解到,透过磨制的玻璃片可以将微小的东西放大。他是多么想亲手磨制出光滑透亮的镜片,用它来观察自然界的奥秘呀!

一个春光明媚的早晨,詹森在房间里玩一些磨制好的凸玻璃镜片。他无意中把两片凸玻璃片装到一个金属管子里,并用这个管子去观看街道上的建筑物。啊,奇怪的事情在眼前发生了:建筑上雕刻的图案忽然比过去大了十几倍!这个意想不到的发现使詹森高兴地喊了起来,他把父亲罕斯叫上楼来,看看他的新玩意儿。

在詹森这一发现的基础上,父子俩认真思索,并用各种大小不一的凸镜片按不同的距离装配起来,进行试验。最后,他们终于找出一个最佳方案,组装成世界上第一台显微镜。

当然,这台显微镜十分粗糙,放大率不超过十几倍,植物的细微构造根本看不到,但这在当时也是一件了不起的事情。不过当时的人们并没有意识到它的科学价值,只是把显微镜当成玩具,用来观看跳蚤的一举一动,所以显微镜当时也叫跳蚤镜。

到 17 世纪的中期,荷兰著名生物学家列文虎克对它进行了改进。他把两片镜片隔开一些距离,固定在一块金属板上,在两镜片之间还安上一根用来调节镜片距离的螺旋杆,这样放大率就提高到 200 多倍。再后来,又经过意大利学者伽利略和英国学者胡克等人的不断改造、完善,才使显微镜成为现在的样子。

Part Nine

智慧悟语

生活中有很多的意外，这些意外中又可以有很多新的发现。对特殊的事物不以为然，那么我们只能停留在旧知识堆里。细看身边每一个奇妙的变化，它不应单单只是令我们感到新鲜，更应引发我们去追问、探索。

受酸蚀损害严重的建筑物

一步一步地深入调查，寻找到问题的根本源头，问题就自然可以轻而易举地彻底解决。

美国首都华盛顿广场的杰弗逊纪念馆大厦已年深日久，建筑物表面斑驳，后来竟然出现裂纹，采取若干措施耗费巨大仍无法遏止。政府非常担忧，派专家调查原因，解决问题。

最初以为侵蚀建筑物的是酸雨。研究表明，冲洗墙壁所含的清洁剂对建筑物有酸蚀作用，而该大厦每日被冲洗的次数，大大多于其他建筑物，受酸蚀损害严重。

调查组又对大厦进行了细致的观察和研究，提出了一系列的疑问。为什么要每天冲洗呢？因为大厦每天被大量鸟粪弄脏。有很多

燕子聚集在此。

为什么有这么多燕子聚在这里？

因为建筑物上有燕子最喜欢吃的蜘蛛。

为什么蜘蛛多？

因为墙上有蜘蛛最喜欢吃的飞虫。为什么飞虫多？

因为飞虫在这里繁殖得特别快。为什么？

因为这里的尘埃最宜飞虫繁殖。为什么？

尘埃本无特别，只是配合了从窗子照射进来的充足阳光，正好形成了特别刺激飞虫繁殖的温床，大量飞虫聚集在此，以超常的激情繁殖，于是吸引了特别多的蜘蛛，蜘蛛超常聚集，又吸引了许多燕子，燕子吃饱了，就近在大厦上方便……

解决问题的方法是：拉上窗帘。此后，再也不用每日冲洗了。杰弗逊纪念馆大厦至今完好。

智慧悟语

一个问题的产生可能有多个原因，只简单地看表面现象，只做表层工作，也就只能治标而不能治本。如果用一点儿时间尝试去探个究竟，一步一步地深入调查，寻找到问题的根本源头，问题就自然可以轻而易举地彻底解决。

抽筋的青蛙腿

要善于去寻找知识的缝隙,再用自己的新知去填充它,让理论变得更正确,让科学变得更严谨。

1786 年,意大利的解剖学家伽伐尼在做解剖时,发现了奇怪的现象:当用解剖刀接触到铜盘上的青蛙时,蛙腿抽动了一下。伽伐尼反复做了同样的实验,结果每次实验都会有相同的现象。伽伐尼错误地认为这是动物躯体内产生了电,并将这个观点写成了论文发表。

伽伐尼的同胞、年轻的科学家伏特,读了伽伐尼的论文后产生了极大的兴趣。伏特重复了伽伐尼的实验,他发现只有用两种金属同时接触青蛙时,蛙腿才会抽动,觉得不太像是动物躯体中产生的电,开始怀疑伽伐尼的解释。

于是,伏特绕过伽伐尼的思路,实验再实验,认真地观察、思考,终于开辟了另一条道路:他在铜片和锌片之间夹上一层浸了盐水的布片。这时电压一下子就加强了,并输出了稳定的电流。"噢,原来是化学反应产生了电!"伏特知道蛙腿抽动的原因了:蛙腿中含有盐和水,而解剖刀和铜盘是两种金属,当两种金属与中间的盐类物质接触时,就会产生电,因此蛙腿就抽动了。

得出了正确的结论后,伏特开始作更深入的研究。他把锌片

和铜片一层层地交替放置,中间用泡过盐水的布片一层一层地隔开,制成了伏特电堆,这是电池的雏形。为了解决盐水外流的问题,他又进行了大量的实验,终于完善了自己的发明。电池就这样诞生了。

为了纪念伏特发明电池,国际电力学代表大会决定将电压的单位命名为"伏特"。后来,又有许多科学家对电池进行了改进。1887年,英国人赫尔森发明了第一块干电池,使电池便于携带。

智慧悟语

思维不要被别人的定论所禁锢,我们经过认真的观察琢磨后,也可以改变别人的看法,甚至可以推翻被人们认为铁一般的定律或结论。要善于去寻找知识的缝隙,再用自己的新知去填充它,让理论变得更正确,让科学变得更严谨。

多去留意细微的地方，多对人们习以为常的事物发出疑问，多思考最简单而平常的现象，就会发现很多不一样的地方。很多重要的发明和定律的提出，都是在别人看不到之时被细心的人看到的，这些都是观察的结果。

想象力让你飞得更高

记者问爱因斯坦："您觉得在您提出相对论的时候，知识与想象力哪个更为重要？"爱因斯坦回答："想象力比知识更重要。"打个比方来说，想象力是要解决盖什么样的楼的问题，知识是要解决怎么盖楼的问题。

想象力是知识的萌芽阶段，是创造力最本质的内涵，没有想象力就意味着创造力的贫乏。被誉为"创造学之父"的奥斯本说，想象力是人类能力的试金石，人们正是依靠想象力征服世界的！

充分利用想象力

> 想象力是上天赋予人类的宝贵财富,它是人类探索世界,改变世界,创造现代文明与科技的先导。

在加州海岸的一个城市中,所有适合建筑的土地都已被开发出来,并予以利用。在城市的另一边是一些陡峭的小山,无法作为建筑用地,而另外一边的土地也不适合盖房子,因为地势太低,每天海水倒流时,总会被淹没一次。

一位具有想象力的人来到了这座城市。具有想象力的人,往往具有敏锐的观察力,这个人也不例外。在到达的第一天,他立刻看出了这些土地是能够赚钱的。他先预购了那些每天因为山势太陡而无法使用的山坡地。他也预购了那些每天都要被海水淹没一次而无法使用的低地。他预购的价格很低,因为这些土地被认为并没有什么太大的价值。

他用了几吨炸药,把那些陡峭的小山炸成松土。再利用几台推土机把泥土推平,原来的山坡地就成了很漂亮的建筑用地。

另外,他又雇用了一些车子,把多余的泥土倒在那些低地上,使其超过水面,因此,也使它们变成了漂亮的建筑用地。

他赚了不少钱,是怎么赚来的呢?答案其实很简单,他只不过是把某些泥土从不需要它们的地方运到需要的地方罢了。

智慧悟语

想象力是我们人类的宝贵财富，它是人类探索世界、改变世界、创造现代文明与科技的先导。正因为无数人的想象与探索，我们如今可以像鸟儿一样飞翔，像鱼儿一样畅游，在每个不同的季节里品尝四季不同口味的蔬菜水果，在平凡中创造一个又一个不可能的奇迹。

让想象的翅膀永远飞翔

> 想象，让我们脱离现实的苦恼，找到安静的心灵居所，把我们带进一个美好而浪漫的世界。

20世纪90年代的英国，有一个23岁的女孩子，除了有着丰富的想象力之外，与别人相比没有什么不同，平常的父母，平常的相貌，上的也是平常的大学。

大学的宽松环境让她有了更多的时间去想象，她的脑海中常会出现童话中的情景：穿着白衣裙的美丽姑娘、蔚蓝的天空、绿绿的草地，当然，还有巫婆和魔鬼……他们之间有着许多离奇的故事，她常常动手把这些想法写下来，并且乐此不疲。

在大学里,她爱上了一个男孩,他的举止和言谈真的和童话里一样,他是她想象中的"白马王子",她很爱他。他们之间有一场浪漫而充满温情的爱情。但是,他却受不了她的脑海中那些荒唐的不切实际的想法。她有许多意想不到的怪主意,例如去听树叶的歌唱,去看蝴蝶的晚会等等。她会在约会的时候,突然给他讲述一个刚刚想到的童话,他烦透了这样的远离人间烟火的故事。他对她说:"你已经 23 岁了,但你看来永远都长不大。我没有足够的时间等你长成大人那一天。"他弃她而去。

失恋的打击并没有停止她的梦想和写作。她将自己的满腔热情全部投入到了想象和写作之中。25 岁那年,她带着一些淡淡的忧伤和改变生活环境的想法,来到她向往已久的具有浪漫色彩的葡萄牙。在那里,她很快找到了一份英语教师的工作,业余时间继续写她的童话。

一位青年记者很快走进了她的生活,青年记者幽默、风趣而且才华横溢。她爱上了他,并且很快步入了婚姻的殿堂。

但她的奇思异想还是让他苦不堪言,他开始和其他姑娘来往。不久,他们的婚姻走到了尽头,他留给她一个女儿。

她经受了生命中最沉重的一击。祸不单行的是离婚不久,她又被学校解聘了,无法在葡萄牙立足的她只得回到了自己的故乡,靠领取社会救济金和亲友的资助生活。

但她还是没有停止她的写作,现在她的要求很低,只是把这些童话故事讲给女儿听。

有一次,她在英格兰乘地铁,她坐在冰冷的椅子上等晚点的地铁到来,一个人物造型突然涌上心头。回到家,她铺开稿纸,多年的生活阅历让她的灵感和创作热情一发不可收。

她的长篇童话《哈利·波特》问世了,并不看好这本书的出版商

出版了这本书,没想到,这本书一上市就畅销全国,销量达到了数百万之巨,所有人都为此感到吃惊。目前,《哈利·波特》已被翻译成近70种语言,在全世界两百多个国家累计销量达3亿余册。

她叫乔安娜·罗琳,她被评为"英国在职妇女收入榜"之首,现在是个有着亿万身价的富婆,被美国著名的《福布斯》杂志列入"100名全球最有权力名人",名列第25位。

智慧悟语

想象,让我们脱离现实的苦恼,找到安静的心灵居所,把我们带进一个美好而浪漫的世界。把我们的想象放飞,用想象力写出我们的生活,它会在我们日后的生活中起到潜移默化的作用,给我们的生活添上漂亮的一笔。

爱幻想的小天文学家

正是因为对宇宙空间有着奇妙的幻想和无限的兴趣,这个小女孩儿才在日后成为了著名的天文学家。

玛德利诺出生在纽约,是一位富于幻想的女孩儿。童稚的幻想,激发出她惊人的阅读和理解能力。

　　她3岁时,父亲教人读书,她便能掩卷熟记书中的内容,而且她还能计算100以内的加减法。她5岁的时候,智商就达到192。小玛德利诺特别喜欢算术,星期天的午后,她常常独自默默地沉浸在数学的奇妙中,不声不响地反复进行计算,得出的数都很准确。在小玛德利诺看来,算术就像十分有趣的游戏。

　　刚进幼儿园时,玛德利诺觉得很寂寞,因为一切都如此简单,没有能够吸引她的地方。但从老师教她认字读书开始,她一下子变得热心起来,似乎这种精神劲头儿同她幼小的年龄极不协调。无论做什么事,她都要拿第一名。她常幻想自己踩在鲜花丛中,云彩般地飘到霞光深处,风儿围着她,舞起她透明的飘带。

　　玛德利诺从小性情文静,极富于幻想。当母亲让她往院子的角落倒垃圾的时候,她时常呆呆地望着天空,久久不动,竟忘记了倒垃圾,又原样不动地带回去了。是棉絮般的云朵,还是灵巧的飞鸟在吸引她的幻想?

　　玛德利诺的幻想非常深沉美丽,就像扇动着雪白翅膀的仙鹤,去探究宇宙间的奥秘。这个小女孩儿好奇心特别强,她总觉得辽阔高远的天空之外还有一个奇异瑰丽的世界,每一个人的头上都闪烁着一颗星儿。在那里,大家组成了一个热闹的大家庭。冬天他们用雪花做棉衣,夏夜他们在天河里戏水玩耍,春天他们用绿草和花朵盖房子,秋天又用秋风灌满钱包,用力一摇晃,钱包就结出丰硕的葡萄,酿出红莹莹的美酒。

　　可是小玛德利诺仔细地望着天空,蓝蓝的天,无声无息,也没气味,就像永远睡着了似的。她就这么久久遥望着天空,好像要把天空融汇到自己眼睛里;或者一下子跳起来,把天空扯破,闯进去看看里面藏着什么玩意儿。妈妈大声嚷嚷着,叫她去吃饭了。这时,小玛德

利诺才从幻想中醒来。她兴奋地说："妈妈，我想到天空里面住几天，玩儿几天。"正是因为对宇宙空间有着奇妙的幻想和无限的兴趣，这个小女孩儿才在日后成为了著名的天文学家。

智慧悟语

　　善于想象是一种科学精神，它是以经验、知识、现实为依据的正常思维，绝非脱离实际的空想。它是向上的翅膀，创新的动力，成功的希望。在想象中确定的人生目标，能够使自己成为一个拥有知识、富有激情、勇于创新的人。

对未来作出的大胆想象

　　不要把美好的想象力扼杀在摇篮里，每一种想象都有实现的可能性，它是开启新知识的大门，它需要我们在最初就意识到它存在的重要。

　　很多年之前，世界的航空水平还处于螺旋桨式的小型飞机的时代。飞机无法做长时间的飞行，运载能力很低，而且故障率较高。

　　美国环球航空公司为了拓宽视野，展望航空业的未来，组织了

一次较大规模的航空知识有奖竞赛,要求每一位参赛者对航空业的未来作出大胆的想象。在专家组对所有的答卷进行评选后颁奖,其间当然也有人得到了奖赏。

四十多年之后,环球航空公司在整理档案时又一次翻阅了当年的那些答卷,一共是 13000 余份。他们饶有兴趣地看了那些形形色色的"大胆想象",但遗憾的是,那些众多的答卷实在是太保守了,根本就谈不上大胆两个字。

当他们看到一位名叫海伦的答卷时,几乎都被惊呆了,她所有大胆的想象全都变成了现实。也就是说,在 13000 余份答卷中,只有海伦这一份才真正称得上是最完满、最正确、最具远见、最激动人心的答卷。答卷主要内容是:

到 1985 年,喷气式飞机的载客量可达到 300 人,最高时速可达到 700 千米,航程可以达到 5000 千米。有的飞机可以自由降落,甚至可以在楼房的平台上紧急降落。到那个时候,美国人可以乘坐飞机到达夏威夷、澳大利亚、罗马,甚至埃及的金字塔……此外,海伦还对机场的地面设施、导航设施都作了大胆的想象。

如此大胆的想象,在当时无异于天方夜谭,当然不可能被各界看好,包括专家组。

海伦的答卷"理所当然"地被淘汰、被放弃了,没有人会赞成这份近乎于"痴人说梦"的答卷获奖。

后来,环球航空公司通过多方努力,终于找到了海伦。她已是满头银发 80 多岁高龄的老人了。通过进一步的了解得知,当时海伦是个航空爱好者,在报上看到了航空知识有奖竞赛的这则启事后,便认真地填写了自己上面的那些大胆想象。

环球航空公司研究后作出了一个非同凡响的决定:拿出 5 万美

元,给海伦颁发迟到四十多年的奖励,以鼓励人们大胆地想象。

　　很多时候,当我们等到一些创造发明出现的那天才扼腕叹息,原来当初的想象力是那么的极富意义和创造性。不要把美好的想象力扼杀在摇篮里,每一种想象都有实现的可能性,它是开启新知识的大门,它需要我们在最初就意识到它存在的重要。

喜欢想象的孩子

　　培养好的想象力比学习知识更重要,因为知识是有限的,而想象力概括着世界上的一切并推动着进步。

　　卢诺尔曼是法国人,他在少年时期就发明了降落伞。

　　卢诺尔曼从小生长在一个知识分子的家庭, 从小受知识的熏陶,喜欢看书,富于幻想,聪明灵活的小脑瓜里,常常冒出一些一般孩子们认为不可思议的念头。

　　他的家在城市的近郊,那里风景秀丽。在他家附近有一座高塔。那还是在他很小的时候,卢诺尔曼常和一些小伙伴们到这座高塔上

玩。他们折一些纸飞机呀、小鸟啊，带到塔上放飞。他们看到自己的杰作从塔上飞下来，有说不出的成就感。一次，站在高塔上，卢诺尔曼突发奇想说："要是我也能像小鸟那样在天空中展开翅膀自由自在地翱翔，那该有多好啊！"

小伙伴们听了卢诺尔曼的话，都唧唧喳喳地议论起来了。有的说有一个大气球坐上去能飞也不错；有的说把伞张开抓住它就可以飞下去了；也有的说要是腿长长的一下子就可以迈到地上了……七嘴八舌乱说一气，但是那个说乘着一把张开的伞可以飞下去的话，却深深地印在卢诺尔曼的脑子里了。

卢诺尔曼长大一些后，那个想"飞"的梦想还一直在他的脑子里萦绕着，挥之不去。尤其是有一个小伙伴说的乘着一把张开的伞就可以飞的话，大大启发了他。于是，他真的要做一个大伞，乘着伞飞落下去。

他开始看很多的书，搜集资料。有一次他看到了一篇小说，书中讲述了主人公在一次保卫祖国的战役中被俘虏后，关在一所很高的碉堡里。他想从这碉堡上逃走时，决定把两条被单的角系在一起，然后形成一个兜，两只手抓住被单的两端，被单可以兜住风，利用风的力量，他缓缓地飘落到地面上了。这个情节给了卢诺尔曼很大的启发。

他根据这个故事，经过反复地琢磨，设计制作了第一个可以降落的伞。他决定到塔上试降。

当他要试降的消息传出去后，很多好奇的人都来看热闹，一传十，十传百，来的人把塔的周围围了个水泄不通。人们都为他担心，议论纷纷。为了保险起见，卢诺尔曼先把一块和他体重差不多的石头扔下去。像盛开的鲜花似的降落伞坠着石头，缓缓地落在地上。

卢诺尔曼看到这种情况，增强了信心。他便决定亲自"飞"下去。只见他用手紧抓住降落伞底部的绳子，轻轻地往塔外一跳，他真的

像小鸟一样悠悠地、缓缓地飞翔着,慢慢地落在了地面上。

周围看热闹的人们见到卢诺尔曼安全地落在了地上,都不约而同地喊了起来:"降落成功啦! 降落成功啦! "

卢诺尔曼也高兴地大叫着:"哇,成功了!成功了! "

后来,人们又经过反复试验和改进,制作出了真正的降落伞,使它在军事、科学、战事、体育事业和民用事务等方面被广泛采用。

智慧悟语

想象力的培养与学习知识同样重要,想象力概括着世界上的一切并推动着进步。如果我们努力培养我们的头脑,使其所具有的想象力不断地得到发展,我们就可以变得更有智慧,从而在面对复杂艰巨的任务时更加胸有成竹。

小小蚂蚁身上的发现

只有细心观察,善于捕捉生活中心灵的撞击,才能从小问题悟出大智慧,从小地方做出大学问。

人到中年的美国科学家威尔逊童心未泯,在繁重的研究工作之

余,总喜欢和孩子们待在一起,孩子们也非常喜欢这个大朋友。

一天,几个孩子正在草坪上玩耍。忽然,一个细心的孩子发现地上有几只小蚂蚁,正在起劲地拖着一只比它们大得多的死去的虫子。他马上叫来其他小朋友一起观察。

由于虫子太沉了,凭那几只蚂蚁显然很难把它拖回去。这时,只见其中一只小蚂蚁和伙伴们碰碰头,像是在商量着什么,然后转身匆匆忙忙地走了。

"小家伙们,你们在玩儿什么游戏?"一个熟悉的声音突然响起。

孩子们抬头一看,高兴地大叫:"威尔逊先生,快来看蚂蚁,它们正在搬运这只虫子呢!"

威尔逊笑了,马上上前和孩子们一起观察。这时,地上不知从什么地方冒出了一支浩浩荡荡的蚂蚁大军,朝着"猎物"前进。看来,是刚才那只匆忙走开的小蚂蚁回大本营报告"军情","大部队"倾巢出动了。

奇怪的是,这些蚂蚁看似乱哄哄的,但它们却很自觉地沿着一条固定的线路行走。一旦在途中迎面相遇,它们便相互碰碰触角,稍作相让后继续前进。

这时,童心大发的威尔逊随手拿起一块石头,放在这条线路上,犹如一座"大山"挡住了蚂蚁的去路,蚁群大乱,纷纷散开。但它们没有就此一走了之,而是往四处探路。有一只蚂蚁找到了被石头隔断的线路的那头,马上奔回来"报告",于是,被"大山"阻断的线路又接通了。

"奇怪,它们为什么不另外走出一条新路来,非得走老路不可呢?"

"对啊,威尔逊先生,它们是怎么找到老路的?"

　　孩子们连珠炮似的问题倒真把威尔逊给难住了。蚂蚁为什么能认路?他也没想过。

　　威尔逊顿了顿,说:"孩子们,这一定是因为蚂蚁爬行时在地上留下了一种特有的痕迹,在指引着它们认路,不过我们肉眼看不出来而已。到底是什么痕迹,这需要经过研究才能得出科学的答案。下次我一定告诉你们,好吗?"

　　就这样,威尔逊开始迷上了对蚂蚁的研究。他整天蹲在地上,拿着一只放大镜仔细观察蚂蚁的活动,并把蚂蚁爬行过的泥土取作样品进行分析研究。

　　最后,他终于揭开了其中的奥秘:

　　原来, 蚂蚁体内具有一种独特气味的分泌物——示踪激素,这种激素由肛门排泄而出。当出巡侦察的蚂蚁发现食物后,在回来的路上就撒下这些示踪激素, 使其他蚂蚁嗅着这种分泌物的气味前进。这样,即使它们的路线暂时被中断,蚂蚁们一样可以很快找回原来的路线。

　　威尔逊迫不及待地将他的研究发现告诉给孩子们,并启发他们认真观察,去探索大自然无穷的奥秘。

智慧悟语

　　做学问的灵感来源于日常生活中不为人们所知的细小部分,又或是已经司空见惯的东西被以从未展现的姿态表现出来。因此生活中要善于观察!只有细心观察,善于捕捉生活中心灵的撞击,才能从小问题悟出大智慧,从小地方做出大学问。

天才和一只睡懒觉的猫

生活中处处有学问,只要你用心观察,知识就在你身旁!

这一天,斐塞司博士悠闲地站在窗前。外面阳光晴好,正适合散步。然而博士并没有出去的意思。他似乎在凝望着什么,思考着什么。但是从神态上看,又好像什么也没有思考,就是工作之后漫无目的地遐想,即所谓神游。

四周静静的,阳光从天空直射下来,照射在窗前的空地上。

一只母猫躺在阳光下。它懒懒的,很舒适的样子。母猫安详地打着盹,那种舒展的姿态与四周的宁静是那样吻合。

树影开始移动,猫身上的阳光失去了。这只猫站起来,重新走到阳光下。这一切,是那么自然而然,仿佛一切都事先安排好了,又好像母猫接到阳光的通知似的。

这一景象唤起了斐塞司博士的好奇。

究竟是什么引得这只猫待在阳光下?

是光与热?

对,是光与热。经过思考,博士证实了这个想法。

那么,如果光与热对猫有益,那对人呢?为什么不会对人有益?

这个思想在脑子里一闪。

这个无意的观察和这个一闪的思想,成为闻名世界的日光治疗法的引发点。

之后不久,日光治疗法在世界上诞生了。

斐塞司,医学博士,由看到猫对光和热的追寻,进而想到了光与热对人的益处,再与人类的健康事业联系在一起,我们呢?

智慧悟语

生活中处处有学问,只要你用心观察,学问就在你身旁!在日常生活中,留心身边的生活形象,把敏锐的触觉延伸到生活领域,给你的感觉也许会豁然开朗,也许会别有洞天,让你不断品尝着"事事洞明皆学问,人情练达即文章"的精妙。

金箍棒的诞生

不把眼前的实物看成死物,让它在我们的脑海中转化成一种虚幻的活的形象,更能拓展我们的思维。

你一定不会对《西游记》中那根威力无边的如意金箍棒陌生吧,上天入地神通广大的孙悟空为了得到它,大闹龙宫,终于取下了这根"定海神针"。这金箍棒不但可以一柱擎天,还可以变成一根绣花

针那样大,塞到孙悟空的耳朵里,实在是太神奇了。

可是你知道《西游记》的作者吴承恩是如何想到这样神奇的武器?他可不是跑到海底龙宫去参观以后想到的哦!

这就要从吴承恩住的地方说起了。吴承恩出生在书香门第,他的家庭是一个很有修养和品位的家庭。他们家有一座非常漂亮的后花园,叫做"悟园"。在悟园的门口有一副对联:"灵根孕育源流出,心性修持大道生。"这副对联是不是很熟悉呢?对了,这就是《西游记》第一回的回目。由此你可知,这个叫做悟园的后花园对于吴承恩以后的创作起到多大的作用。

"悟园"风景十分优美,园中有一座假山,假山的南侧,自西边船舫处起,有一湾池水绕山东去。水上有一座曲桥,桥北岸上,在假山与醉墨轩之间,有一太湖石,形似杆状,高高地矗立在地上,非常奇特,上面写着两个字叫"神针"。有一天,吴承恩在园中散步,希望获得《西游记》的创作灵感的时候,这根"神针"突然闯入了他的视线——是不是可以让《西游记》中神通广大的孙悟空有一个可以变大也可以变小的神奇武器呢?他这么想着,不断地构思、完善。于是,由这个石头的"神针"便想到了东海龙王送给孙悟空的"定海神针",金箍棒便这样诞生了。

智慧悟语

有时,当我们苦思冥想要去寻找写作灵感的时候,往往灵机一动之下的想象便填补了思维的空白,奇迹就是这样在想象中产生。不把眼前的实物看成死物,让它在我们的脑海中转化成一种虚幻的活的形象,更能拓展我们的思维。